华文图景

缤纷美甲

四季美甲1000例

华文图景 编

中国轻工业出版社

引 言

指如柔荑，肤如凝脂。
——《诗经·卫风·硕人》
意：女子的手指宛若去皮后洁白柔软的嫩荑一般细、长、白、软。

　　女子的容颜如何，已无关紧要，一双玉手和美丽的指甲让每一个女子变得温婉优雅，不同的色彩展现出不同的性格，不同的图案变化出不同的心情。

　　想象力在方寸指端得以发挥，成为看得见的美好，而那些美好，于每时每刻，于举手投足，散发出熠熠光彩，愉悦，自心头丝丝溢出……

目录 CONTENTS

第一章
打开美甲的百宝箱

　　凤仙花红者，用叶捣碎，入明矾少许在内。先洗净指甲，然后以此敷甲上，用片帛缠定过夜。初染色淡，连染三五次，其色若胭脂，洗涤不去，可经旬。直至退甲，方渐去之。

——南宋 周密《癸辛杂识》

　　1000多年以前，古代女子都是使用凤仙花（指甲花）的汁液来染指甲；到了现代，女孩子们则在美甲产品方面有了更多的选择。现在就让我们一起打开美甲的百宝箱，寻找你的指端最爱吧！

指甲油的选购及保存

面对满货架品种繁多、色彩斑斓的指甲油，你想好为自己挑选哪一款了么？

常见色系

　　一般我们在选择指甲油色彩的时候，掌握一个最重要的原则就是要与服饰色彩协调统一，另外根据自身性格与气质，选择适合自己的颜色。

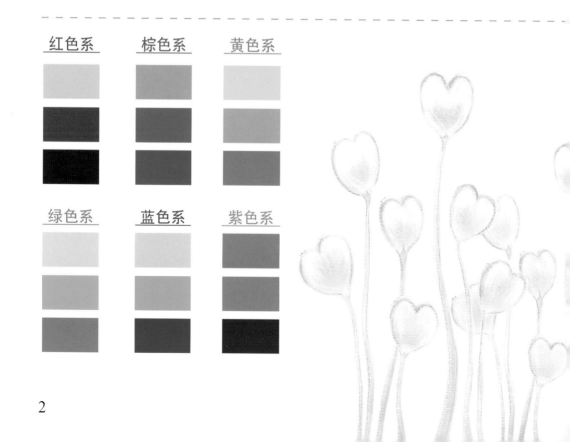

红色系 热情、奔放、喜悦。

棕色系 沉稳、内敛、宽厚。

黄色系 高贵、富有、亮丽。

绿色系 清新、自然、活力。

蓝色系 清爽、宽广、智慧。

紫色系 神秘、浪漫、爱情。

永恒的黑白色 白色纯洁、简单；黑色庄重、大气。

▲小贴士

不知如何选择的时候，白色和肉粉色是经典的保险色哦！

3

指甲油的选购

除了颜色之外，当我们面对这些五颜六色的小瓶子时，怎样才能挑选到良品呢？

挑选守则：

1. 看生产日期，一般指甲油的保存期限约两年。

2. 看外观，倾斜瓶子，里面的指甲油流动顺畅为良；若颜色分离则轻轻摇动，若颜色还是不均匀，则要怀疑指甲油是否变质。

3. 看毛刷，选购时将指甲油毛刷取出，应尽量选择细长型毛刷。毛刷取出后，指甲油顺着毛刷流畅的呈水滴状往下滴为合格，如果流动很慢则说明指甲油太浓稠，不易擦匀；然后将刷子左右压一下瓶口，试试刷毛的弹性。

4. 闻味道，气味芳香自然的指甲油为良，有浓烈刺鼻味的指甲油不宜选购。

指甲油的保存

保存守则：

1. 指甲油应保存在阴凉处，保存得好可以保存3年。

2. 瓶盖要拧紧，不然里面的溶剂容易挥发掉，指甲油会变得浓稠。

3. 时常轻轻摇动瓶体，让其色素混合均匀。

4. 若指甲油变浓稠，可用稀释剂（市面有售）或透明指甲油搅拌稀释，一般能稀释两到三次。

▲小贴士

1. 丙酮或去光水不适宜用来稀释指甲油，否则容易损伤指甲。

2. 切勿用洗甲水稀释。

彩绘工具

窗外阳光明媚，准备外出的主人挑了一件白底碎花的连衣裙和一顶原色的细藤编草帽，素色的指甲也想有个好的心情，于是细心的主人找出她的宝贝工具，将指甲细细描绘。

——手说

1. 彩绘笔：一般根据软毛粗细
分三种以上的型号。

2. 彩绘丙烯颜料：指甲专用，
颜色附着力强。

3. 调色盘：普通水彩画用的调
色盘即可。

4. 备用：棉棒，牙签。

饰物大集合

我就像住在水晶球里的小人儿一样，天空有小小的亮片旋舞着，白雪覆盖的小
木屋在远处用温暖的灯光唤我回家，我拽拽珍珠镶嵌的小帽子，心情像钻石一样闪
闪发光。

——指甲说

1. 指甲环

2. 亮片

3. 亮粉

缤纷美甲——四季美甲1000例

4. 贴画

第二章

手的秘密

　　她静静地站在路灯下，先用右手指指自己的心，再把右手摊开放在握拳的左手上转一转，我微笑示意她继续，她的小脸涨得绯红，洁白的食指伸出来微微颤抖着指了指我，借着灯光，我看到她指端绘的百合，那是我最喜欢的花。她的秘密，就在那个夜晚，从心脏到手臂，从手臂到手掌，在掌心打了个转，借着微凉的空气，从指端流露。

手和指甲的基本护理

　　每当空气干燥的时候，我的皮肤就很容易变得粗糙，指甲也变得黯淡无光，指甲周围还起了一圈死皮。唉！怎么做才能让我变成一双"玉"手呢？

——手说

修手工具

手碗：浸泡手指用，小水盆即可。

指皮软化剂：是一种乳白色的液体，可加速指甲周围死皮的软化。

推皮棒：分为木推棒、钢推棒和推皮砂棒。

指皮钳：一般都用不锈钢材料制成，有剪刀形，也有钳子形。

美甲按摩油：也叫营养油或甲缘油，可按成分分为：含杏仁成分的、含维生素A的及含维生素E等营养物质的。

抛光锉：有三面抛光条和四面抛光块两种。一般按照黑、白、灰的使用顺序依次抛光，黑色面可抛去指甲表面的角质；白色面可把指甲表面抛得更细；灰色面可把表面抛亮，经过这三道程序后指甲即会显得晶莹亮泽。

底油：底油有加钙底油和蛋白质底油、保湿底油等，在指甲抛光后上底油。

指甲刀：主要用以修剪所有类型的指甲，包括水晶指甲和天然指甲。

日常手部基础护理守则

1. 做家务时一定要带上橡胶手套，隔绝碱性物质对皮肤的刺激。

2. 睡前清洁双手，涂厚厚的保湿型护手霜按摩片刻，然后带上棉质洁净手套入睡。

3. 养成平时洗手后涂抹护手霜的习惯。

4. 手部异常干燥者，可先在加入适量白醋的温水中浸泡15分钟，然后涂油性护手霜或橄榄油，戴橡胶手套10～15分钟后再涂滋润型护手液。

5. 平时多做一些让手变得柔韧和灵活的练习，让手也学会"说话"。

1. 洗手：清洗双手后（一般店里是喷消毒液）擦拭干净。

2. 修形：修剪合适的甲形（可参照第12页甲形的选择）。用磨锉单向磨，注意不要来回磨，否则会出现二层甲。

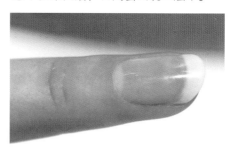

3. 涂软化剂：把在温水里浸泡过10分钟左右的手用毛巾擦干，将软化剂均匀地涂在指甲边缘表皮上。注意不要将软化剂涂在甲盖上，防止甲盖被软化。

4. 推死皮：用推皮棒椭圆扁头的一面将手指上老化的指皮往手心方向推动，以使甲盖显得修长，再用另一头的刮刀刮净残留在指甲上的角质。注意推指皮时应用力适度，不可用力过猛，以免损伤甲基，否则会影响指甲的生长。

缤纷美甲——四季美甲1000例

5. 剪肉刺：用指皮钳剪去刚推完的死皮、肉刺，使手指显得美观整齐。使用指皮钳时应注意不可拉扯，应直接剪断，以免损伤指皮，且不可剪得太深。

6. 清除：用棉棒把死皮和多余的软化剂擦拭干净。

7. 抹营养油：取少量按摩油涂在修剪过的双手指皮周围，用手指稍加按摩。它能滋润指皮，防止指甲周围长肉刺，使皮肤柔软，并保护指甲健康、亮泽。注意营养油用量不宜太多，否则会显得太过油腻。

8. 抛光：三面抛光条中先用粗抛面利用单向抛的方法抛去指甲表面的角质，再用白色海绵面利用单向抛的方法抛至指甲表面色泽均匀透亮。注意指甲薄或严重不平坦的人不要过于磨、抛，否则会对指甲和指甲周围皮肤造成损伤。

11

甲形的选择

我长得很胖，手指又短，指甲也总是剪得短短的，别的手都笑话我，真想变得苗条点，给我的手指也穿上合适的"高跟鞋"！

——手说

通常指甲有6种形状：A. 纯方形 B. 方圆形 C. 椭圆形 D. 尖形 E. 圆形 F. 喇叭形，但是根据大部分中国人的手形，一般都会将指甲修剪成纯方形、方圆形、椭圆形或尖形，以弥补手部的某些缺陷，突出优点，使双手更完美。

甲形适用人群

指甲的形状	适合人群
纯方形	此款甲形对手形要求较高，甲床长和气质独特、另类、时尚的女性适用。
方圆形	此款甲形要求甲床长，指甲面不太宽的女性适用。
椭圆形	此款甲形适用于任何女性，能有效使手指显得修长。
尖形	此款甲形对手形要求较高，拥有纤细修长手指的女性适用。

缤纷美甲
——四季美甲1000例

图案结构

穿上了与肤色相配的外套，选择了让我看上去显得修长的"高跟鞋"，我想，如果再有一些花色的点缀，那就太完美了，要知道，适合的图案结构也可以帮助我们更好地修饰手形。

——指甲说

美甲图案结构适用表格

常见手形或甲形问题	适用图案
小指甲	用深色甲油绘交叉图案，忌花色繁复。
大指甲	彩绘图案放在甲面中央，如圆点或者深色竖条。
指甲不对称	两种以上的对比色指甲油在指尖绘斜纹，营造立体感。
手指短胖	修椭圆形甲形并将图案绘在指尖可显得手指修长。

第三章

关于美甲不可不知的小技巧

常常会有女孩子涂抹指甲油不均匀或者把指甲油涂抹到了指甲外，这些让美甲效果大打折扣的做法怎样才能避免呢？或许这些美甲小技巧对你会很有帮助哦！

涂指甲油的步骤

1. 涂底油（钙油）。从甲根往甲端轻轻拉动刷毛，注意为根部和两侧留0.5～0.8毫米的空隙，让指甲可以自由呼吸。注意：长的指甲先抹甲端，然后再从甲根往甲端抹。

2. 涂指甲油。等底油干了以后涂抹指甲油，也要为指甲两侧留0.5～0.8毫米的空隙。待到第一次刷的指甲油稍干以后涂抹第二次使颜色均匀。最后清理一下甲皮周边，用棉棒沾上洗甲水把涂抹出界的边缘部分擦干净。

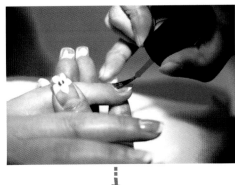

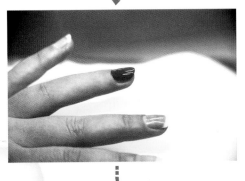

3. 涂亮油。亮油分普通亮油和UV亮油，能保护甲油亮泽和延长脱落时间。待到两层甲油干透再上亮油，这样指甲不易花，以覆盖之前的指甲油为涂抹范围。

清洗指甲油的步骤

1. 用棉片蘸取洗甲水。

2. 用该棉片捏住指甲数秒，然后从甲根到甲端单向擦拭。

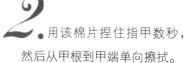

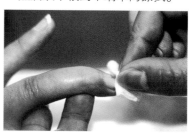

▲小贴士

指甲周围的皮肤注意保护，否则容易被染色，不方便清除。

装戴和卸除艺术指甲的技巧

粘贴甲片的步骤

1. 先把甲片修整成适合甲面的形状。

2. 在甲片背面两侧涂抹适量胶水。

3. 把甲片从甲根对齐贴合，轻摁甲片直至甲片与指甲前端贴合，1分钟后即可粘贴牢固。

缤纷美甲——四季美甲1000例

卸除甲片的步骤

需要卸除的指甲

1. 把需要卸除的指甲先用指甲刀剪得短一点。

2. 然后把蘸满洗甲水的棉片覆盖在指甲上，用锡纸包起来。

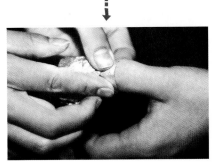

3. 大概10分钟后轻轻揭起，即可将全片卸除，然后用粗抛块将多余的胶水残留物抛去。

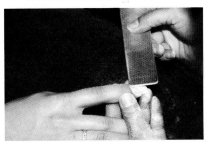

第四章

四季美甲

四季在清新、妩媚、雅致、纯净中更迭，不同的花朵也选择在它最美的时候绽放。

结婚式（西式）

在悠扬的钢琴伴奏下，她捧着纯白色的玫瑰花球从地毯的另一端缓缓走来，洁白的婚纱让她如天使一般圣洁，指端白色的立体玫瑰雕花指甲也绽放出夺目的光彩，当指环套上无名指的那一刻，这梦幻一般的场景感动了在场的每一位嘉宾。

西式婚礼的新娘服以白色婚纱为主，因此选择干净纯粹的指甲图纹可以让整体效果更显端庄高贵。

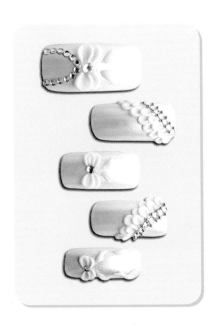

中午或者晚上的香槟酒会，新娘一般会换上方便活动的小礼服，此时贴上蕾丝花边的美甲，延续了婚纱的甜美感觉。

黑色蕾丝花边的美甲也让新娘看起来有点可爱的小性感哦！

▲小贴士

新娘应在婚礼前两天与美甲师进行沟通，包括告知举行婚礼的环境与礼服的颜色式样，这样可以得到最贴心的设计与服务。

透明感

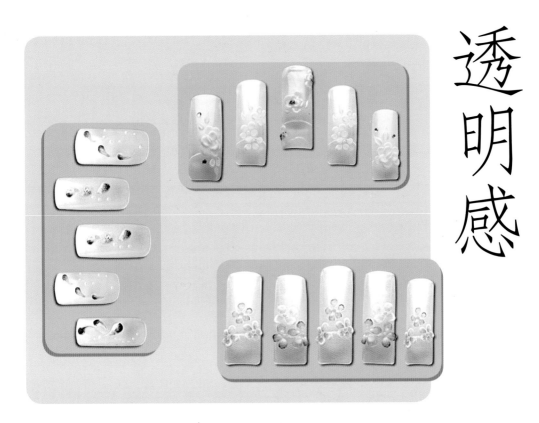

绿萝轻摇

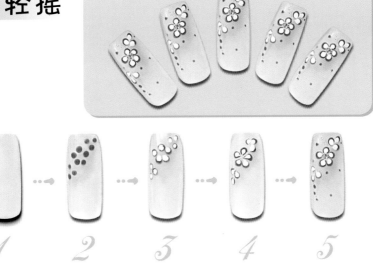

1. 在透明甲片上涂上一层底油。
2. 用彩绘笔笔尖蘸取深绿色甲油在甲片上以点的方式点出花瓣的样子。
3. 用彩绘笔笔尖蘸取漆白色甲油在深绿色花瓣上点出略小一圈的面积。
4. 趁颜料未干，用牙签从花瓣外侧向中心部位滑动拉出一个尖角。
5. 适当的位置点上深绿色甲油，并涂上一层亮油保护。

结婚式

（中式）

春之气息

桃花朵朵

1 ---▶ *2* ---▶ *3* ---▶ *4*

1. 指甲涂底油后用中国红颜色的甲油涂抹双层待干。
2. 以白色水晶粉配合水晶液，雕出花瓣。
3. 在适当的位置雕出适量叶子。
4. 用水钻贴出花蕊并涂亮油保护。

春之气息

1 ---▶ *2* ---▶ *3* ---▶ *4* ---▶ *5*

1. 指甲涂底油后用深红色的甲油涂抹双层待干。
2. 用彩绘笔蘸取白色丙烯颜料在甲端绘出花瓣五片。
3. 用彩绘笔蘸取深绿色丙烯颜料在甲端绘出花瓣五片。
4. 用彩绘笔蘸取赭石色丙烯颜料在甲端绘出花瓣五片。
5. 描出花蕊并涂亮油保护。

缤纷美甲——四季美甲1000例

行酒礼

选一款俏皮粉嫩的美甲可以让你在他的亲朋好友心中的好感度直线上升哦！

中式婚礼讲究气氛的热闹，新娘服以浓烈的红色为主，因此搭配同色系的美甲也能更好地表现出新娘华贵的感觉。

春之美甲

春的轻柔Spring Nail

花之清新季：除夕，元宵，赏花观灯，探春之际，郊外新芽现绿，百花环绕，总有那么一朵花，粉粉嫩嫩，自指端悄然绽放，散发淡淡香气。

春之百花

蓝天、白云、草原，百花盛开，无边无际的花接入了天际。

春节

中国传统节日里最为隆重和热闹的节日——春节，顾名思义，春天到来的节日，多好听的词语啊，带给人希望的字眼，从心底里带来温暖的感觉。因此迎合这个喜庆节日的美甲多半色彩浓烈且民族风浓郁。

我有花一朵

1. 指甲涂底油后用黄色的甲油涂抹双层待干。
2. 用绿色丙烯颜料自甲根向甲端斜向绘一条线做花茎。
3. 在花茎顶端用红色丙烯颜料画出花朵。
4. 在花茎上用笔尖点出刺状小点，然后在花茎底部用赭石色绘出石头，再用深绿色绘出小草。
5. 将叶子用更深的绿色勾勒出形状，然后涂亮油保护。

京剧脸谱

春节

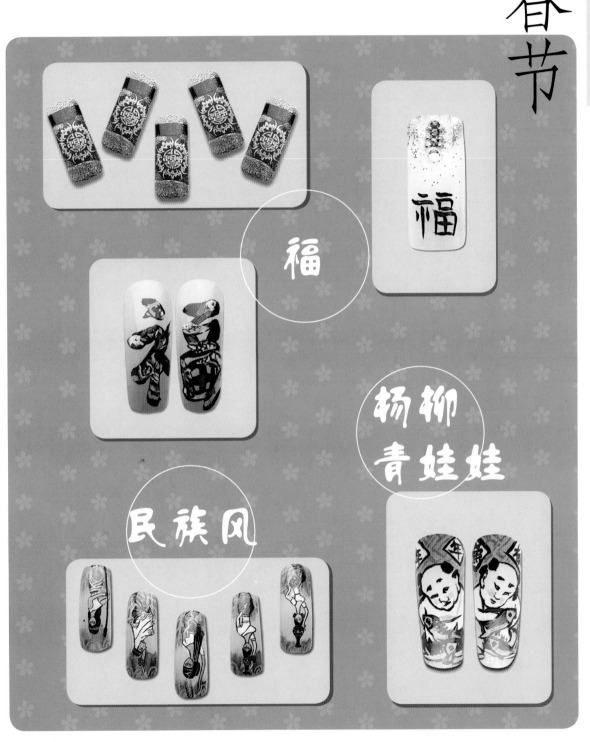

福

福

杨柳青娃娃

民族风

情人节

I LOVE YOU!

我们的情人节

系带的礼物

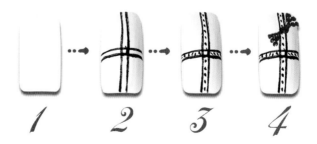

1. 指甲涂底油后用漆白色涂抹双层待干。
2. 用黑色丙烯颜料在指甲上勾勒出十字。
3. 在十字间的间隙点上黑色小点。
4. 用红色小水钻在与十字交接的地方拼成蝴蝶结式样，涂亮油保护。

缤纷美甲

——四季美甲1000例

情人节

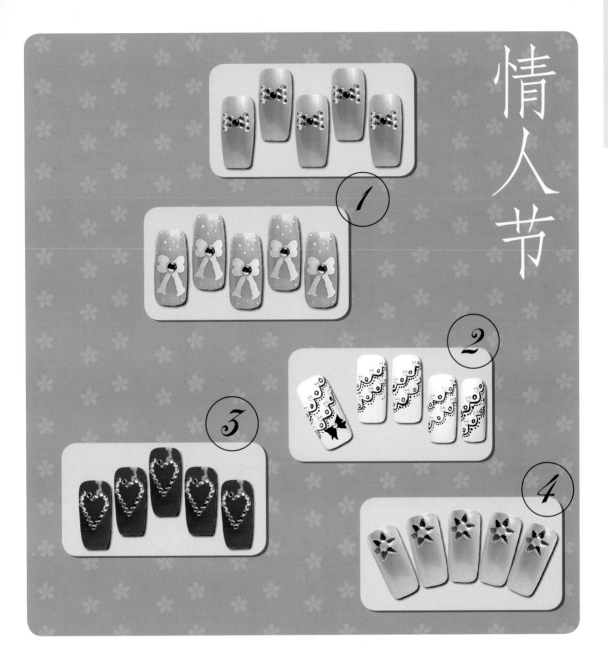

1. 小时候，妈妈会为我们的粉色小裙子系一个蝴蝶结，那样我们就会感觉自己像一个小公主，如果时光倒流，我一定选择同色系的指甲油给我的指甲也穿上"小裙子"，然后用小水钻也给"小裙子"系上一个蝴蝶结，让回忆更美。
2. 以手绘的方式斜向勾勒出蕾丝的图纹，再在与图纹平行的线上均等贴上珠饰，大拇指的蝴蝶结起到了画龙点睛的作用。
3. 心，是情人节的永恒主题，用晶晶亮的水钻来表达纯洁的爱是最合适的。
4. 缀满星星的夜空，是约会时最好的天幕。

玫瑰

它的芬芳正在从指上散发，你闻到了么？

1. 玫瑰的图纹设计风格既可以华美也可以清新，本款以反差感大的色彩将两种感觉都呈现出来。
2. 这几款美甲以纵向的线条突出了玫瑰的花茎，将玫瑰的妖娆身姿展露无遗，是表现女人味的优选款式。

玫瑰

3. 以排笔分段蘸取丙烯颜料的方式绘画出来的玫瑰呈现的是华美的油画风格，因此此款适合身着复古宫廷风服饰的女性。
4. 唱着"玫瑰玫瑰我爱你"的女子穿着旗袍打上海的弄堂里走出来，不管是红玫瑰还是白玫瑰，都让人回想起那些老时光。

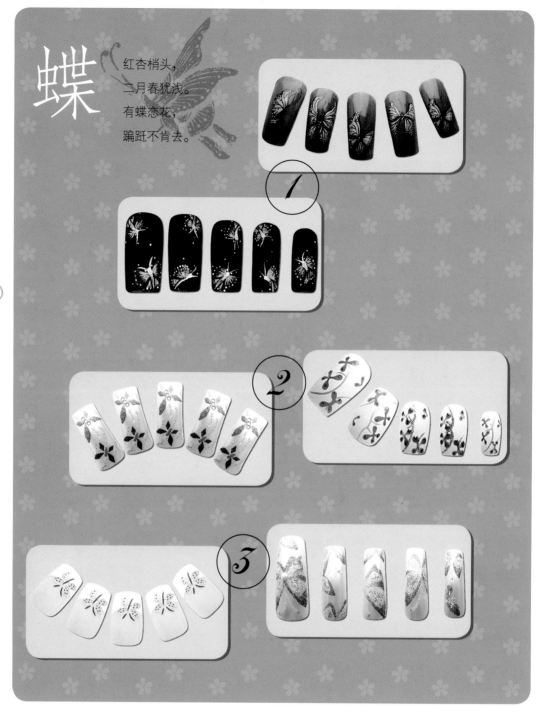

蝶

红杏梢头，
二月春犹浅。
有蝶恋花，
蹁跹不肯去。

1. 以红、黑、黄三色勾勒出形式夸张、色彩斑斓的造型，此款图纹以写实为主，再加上深色底色的衬托使图纹更显得栩栩如生。
2. 采用浅色指甲油做底色，再绘上成双成对的蝴蝶，美好的寓意总能让人会心一笑。
3. 不透明感的蝴蝶给人梦幻的感觉，这种美甲在绘画中除了主要线条勾勒得很明显以外，其余部分的色彩都以淡色为主。

牡丹

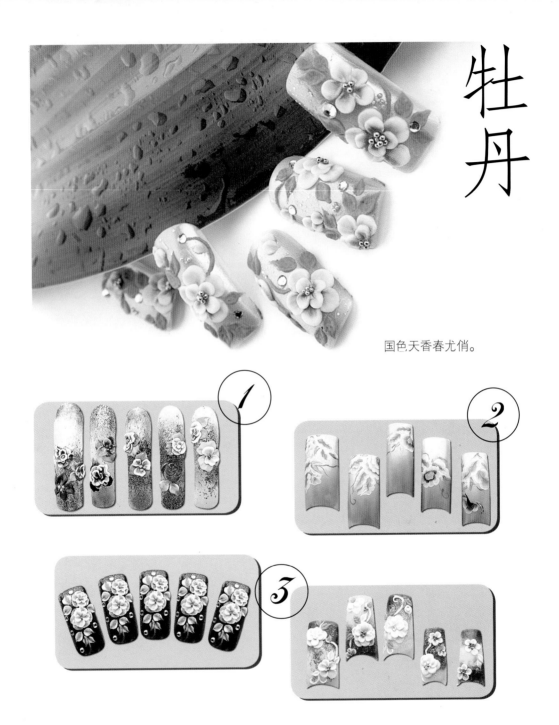

国色天香春尤俏。

1. 牡丹花以花瓣层次繁复、色彩艳丽而显得雍容华贵，因此牡丹花图纹得到了美甲爱好者的热情拥护，无论穿着繁简，是否佩戴首饰，单就这一款美甲就足以让你吸引所有人的眼光。
2. 中国传统国花以西式手法绘出，再用以大量的蓝色，就好像是珐琅工艺用在了美甲的绘制中，精致而又别有风情。
3. 方圆形的甲片是适合大部分手形的形状，若是再搭配上同样受众群广泛的牡丹花图纹，我们把这两款美甲称为"皇后"也不过分哦！

紫荆

紫荆算是最常见的春季花卉了，因此美甲师们总是将它演绎出不同的风格，就像是描绘出一季美丽的梦,而梦里的紫荆带着露珠静静开放在清晨的雾霭之中。

月下花影

1   *2*   *3*   *4*

1. 指甲涂底油后用粉红色的甲油涂抹双层待干。
2. 用白色丙烯颜料在甲根处绘一朵紫荆花。
3. 再用黄色丙烯颜料以略小一圈的面积覆盖在白色花朵上。
4. 将小水钻用透明甲油粘在花蕊处，然后涂亮油保护。

1. 此款美甲是女孩们在家中绘制美甲比较简单的一款，透明的底色也可以以浅色的底色代替，也可以稍微调整两朵花之间的距离达到不同的视觉效果，在搭配方面，若服饰的色彩与花卉的色彩一致将会呈现出"糖果女孩"的感觉。

紫荆

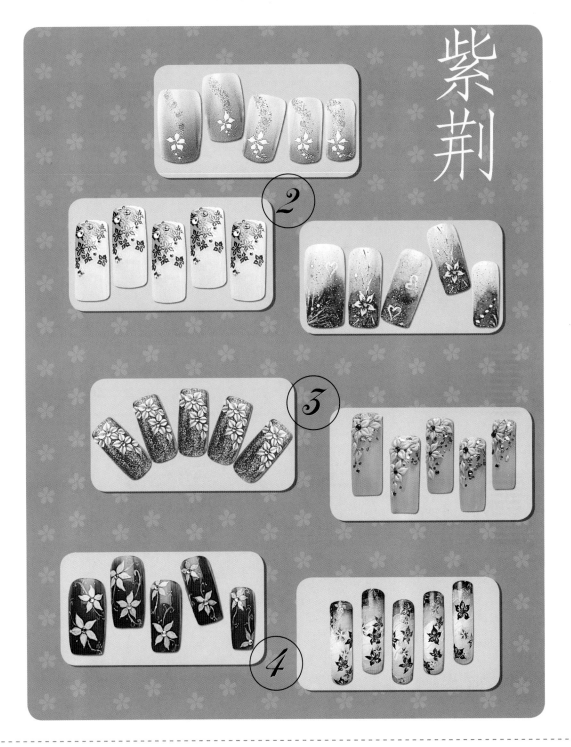

2. 此款美甲以底色渐变为主要特点，渐变的方式既可以由同色系的深浅变化表现，也可以由相对色的颜色变化来展示，然后再在这个基础之上绘出紫荆花图纹。

3. 红色和白色是最能呈现浪漫感觉的经典搭配色，白色的雕花和晶莹的水钻共同构成春色晨露图。

4. 仿佛一阵风吹过，洋洋洒洒的紫荆花就从草地一路飘到了天空，多彩的花卉和丰富的底色总是让人心情愉悦。

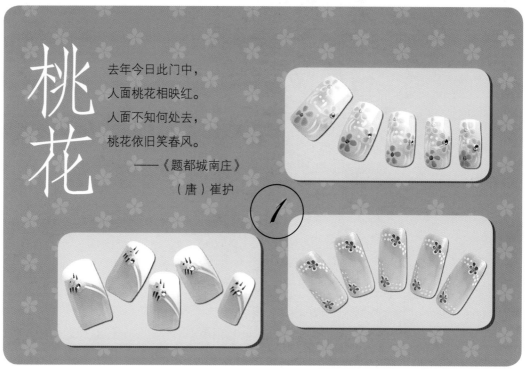

桃花

去年今日此门中，
人面桃花相映红。
人面不知何处去，
桃花依旧笑春风。
——《题都城南庄》
（唐）崔护

缤纷美甲——四季美甲1000例

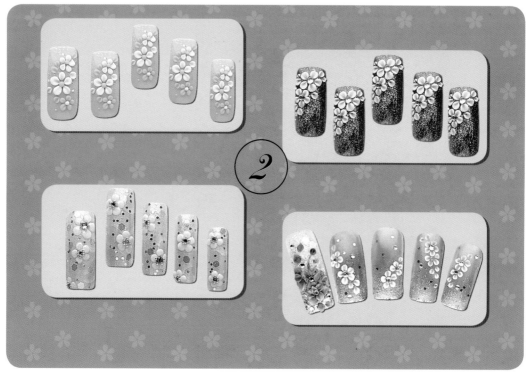

1. 把桃花斜向绘在甲片上，花瓣仿佛在飘舞一样，浅粉色的底色更能衬托出花朵的清新可人。

2. 此款以明艳的色彩取胜,若是怕雕花麻烦，还有一个小窍门，市面上有一种发泡的不干胶贴纸,是桃花图纹的成品，一般在涂抹好底色后，可以根据喜好进行粘贴，最后涂抹透明甲油固定。

桃花

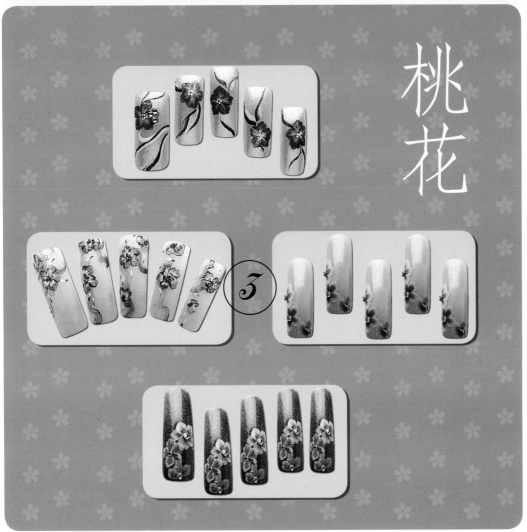

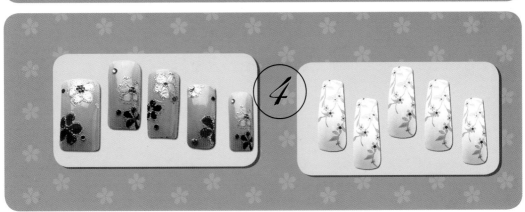

3. 以两种以上不同深浅的色彩描绘出来的桃花仿佛花瓣被放进了水中，呈现出一种晕
染的效果，强调空间感的大小花朵搭配也是此款的重点之一。
4. 蓝色和粉色的搭配是当季的热点，皮肤白皙的人选择这款更为合适。

郁金香

郁金香的花语为博爱、体贴、高雅、富贵、能干、聪颖。

藤蔓

顺着它蔓延的曲线，仿佛景致也变得连绵。

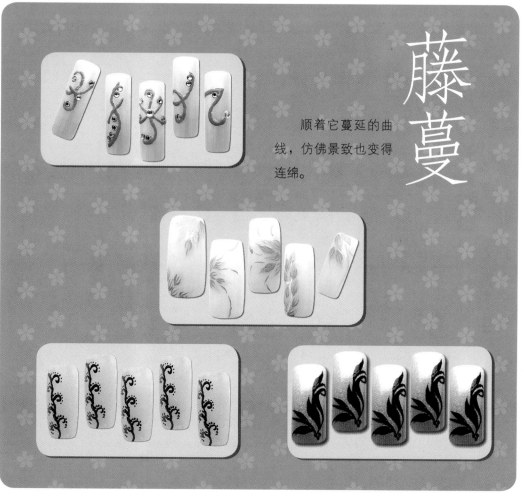

法式指甲之所以能成为经典中的经典，全在于其简洁的风格和简单的技法。当我们不知道如何选择与服饰搭配的美甲时，选择法式指甲总是没错的。

法式

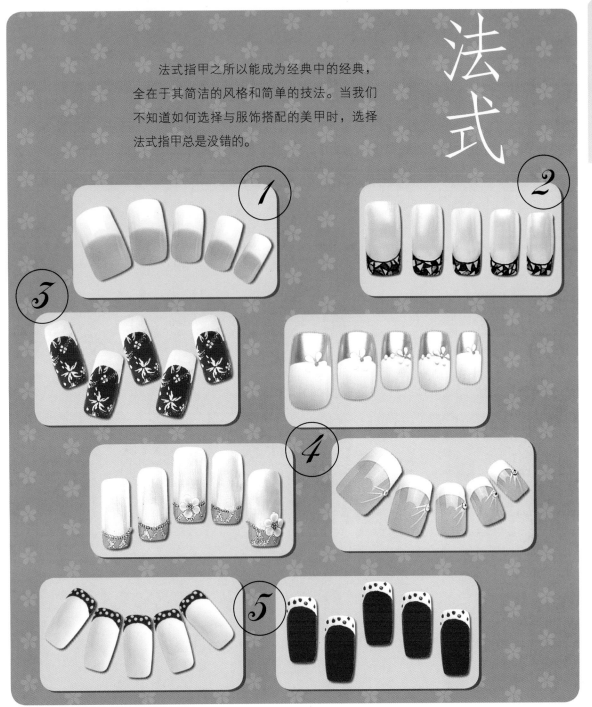

1. 基本款。
2. 小面积的多彩色块仿佛教堂的彩绘玻璃，这与大面积的纯色底色形成对比，在简洁素雅中流露出些许艺术气息。
3. 带有浓烈色彩的花卉图案是这几年复古风潮大热的典型代表，当法式指甲遭遇花卉，便对浪漫进行了另一种诠释。
4. 在基本款的色块交接处添加一些珠饰或者花饰，让整体风格显得更为活泼。
5. 在甲端用与底色反差大的丙烯颜料点出小圆点，专属于女孩的俏皮感也就此被"点"出。

每年各个大的品牌都会发布当季的主打色，这些以强烈明快色彩搭配装饰的美甲总是可以让你走在流行的最前沿。

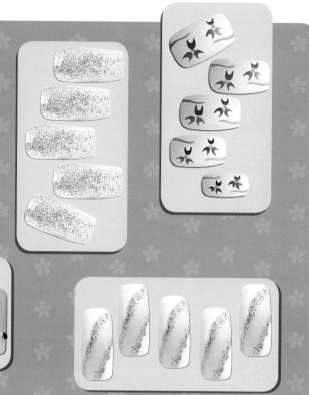

大受好评的色块搭配

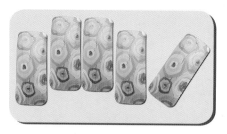

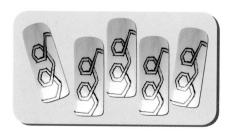

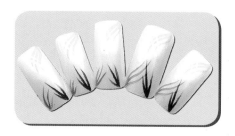

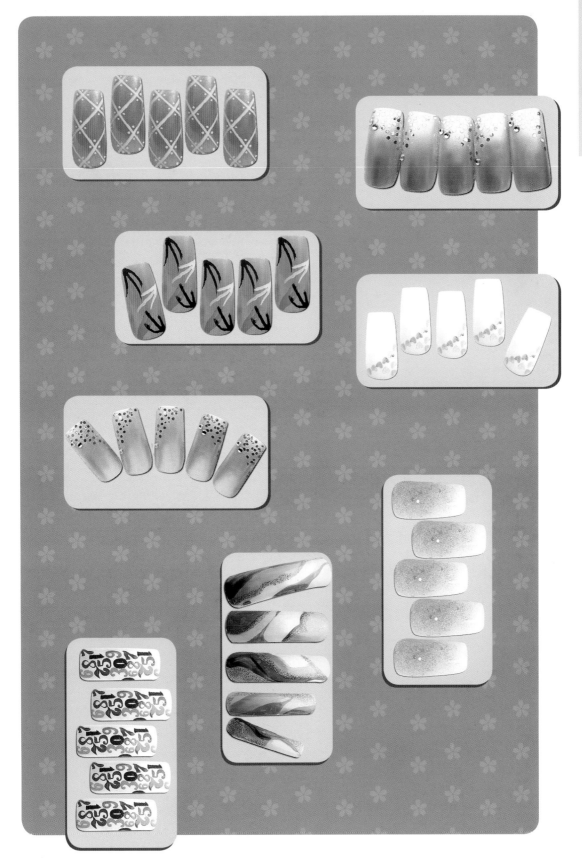

夏之美甲

夏的妩媚Summer [Nail]

花之绚烂季：端午，七夕，鹊桥相会，享夏之际，不觉草长莺飞，阳光明媚，总有那么一朵花，绚烂至极，自指端肆意绽放，带来馥郁香气。

生如夏花

每朵花都有守护它的小仙子,那些花仙子们白天在花蕊里安睡,到了夜晚,她们便一个个踮起脚尖站立在花瓣上。在柔柔的月光下，她们展开薄如蝉翼的翅膀，翩然起舞。

向日葵之心

$1 \quad 2 \quad 3 \quad 4 \quad 5$

1. 指甲涂底油后用浅绿色的甲油涂抹双层待干。
2. 用金色的丙烯颜料在指甲对角两端绘出两个四分之三的圆形。
3. 用黄色的丙烯颜料在圆形外侧绘出花瓣。
4. 用黑色丙烯颜料勾勒出向日葵的花盘并在金色部分上点上数点。
5. 涂亮油保护。

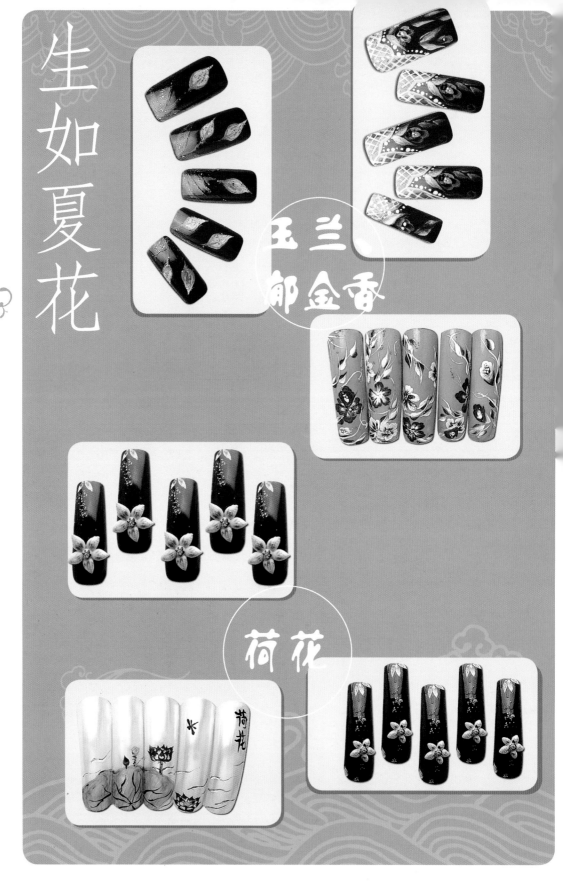

生如夏花

玉兰
郁金香

荷花

荷花

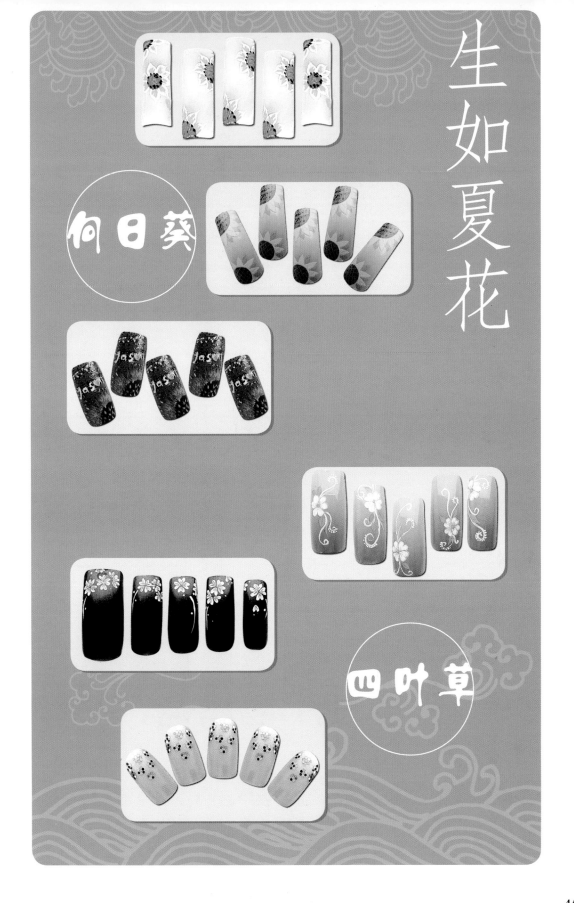

生如夏花

向日葵

四叶草

生如夏花

缤纷美甲
——四季美甲1000例

生如夏花

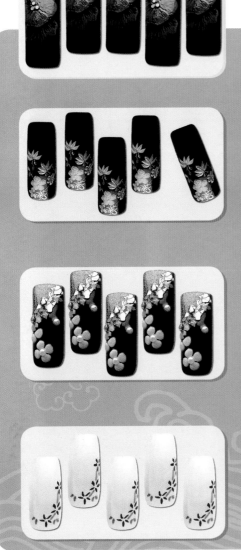

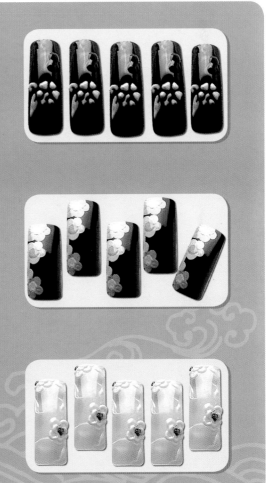

缤纷美甲

——四季美甲1000例

花例

生如夏花

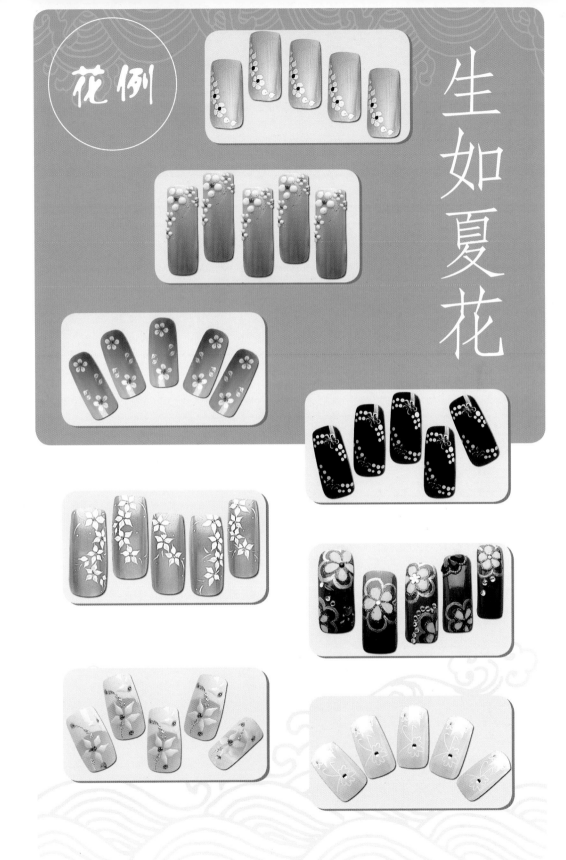

花例

生如夏花

去海边吧

夏天藏在雨后的彩虹里悄然来临，城市慢慢热起来，每一个居住在城市里的人，都会期待一次远行，最好是到达一个凉爽宜人、美景无限的地方。那么，让我们一起去海边吧！

碧海晴天

1. 指甲涂底油后用天蓝色的甲油涂抹双层待干。
2. 用彩绘笔蘸取银色亮粉甲油自甲端到甲根斜向，勾勒出一条带弧度的线条。
3. 选择线条的一侧，继续用银色亮粉甲油进行填充。
4. 填充完毕后修形并涂亮油保护。

去海边吧

明朗变奏曲

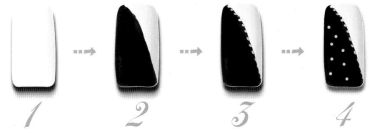

1 → *2* → *3* → *4*

1. 指甲涂底油后用漆白色的甲油涂抹双层待干。
2. 用深蓝色甲油自甲端到甲根斜向涂抹待干。
3. 用彩绘笔蘸取漆白色甲油在深蓝色沿对角线一侧均匀地点上数点。
4. 然后在深蓝色部分点上数点并涂亮油保护。

海之元素

赤足走在海岸边，天气如此晴好，海波从与天相接的地方赶过来，脚下是不断涌上又退下的浪花，偶尔有贪玩的水草忘了回家，留恋地贴在沙滩上，远处传来哗啦啦的水波声，抬头一看，连可爱的小海豚也欢快地跳跃起来。

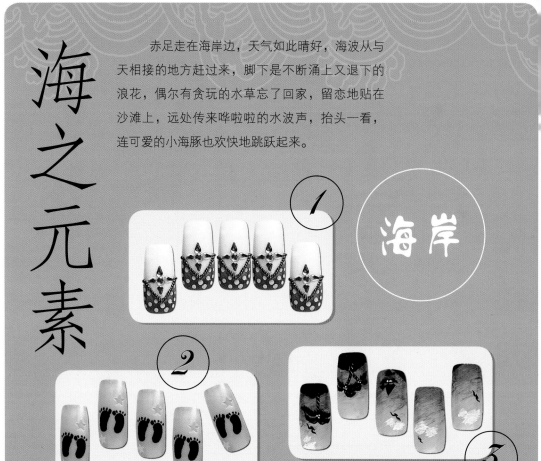

海岸

1. 用漆白色和天蓝色做的法式美甲变形，在交接处装饰紫色小珍珠，再用莱茵水晶石贴出配合甲端线条的图案，显得活泼又清新。
2. 活泼的荧光绿是小女生的专属用色，星星亮片仿佛真的撒下星光，映衬出沙滩上一对俏皮的小脚丫。
3. 底色的不均匀效果是用海绵擦蘸取比最底部颜色稍微深一点的颜色横向擦出来的，再在上面细细描绘出南国特有的海岸风景，别具情调。

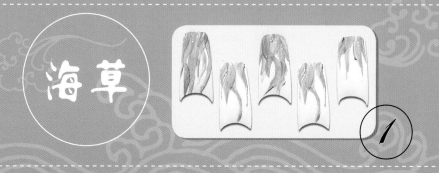

海草

1. 仿佛在透明水族箱的灯光照射下的柔软水草，白色的底色衬得颜色深浅变化的水草更加醒目，再涂抹一层带有亮片的甲油显得更通透，纵向的图纹可显得手指修长。

2. 在用珍珠粉色甲油和白色构成的法式指甲上，用银色和白色的丙烯颜料勾勒出水草曼妙的姿态，简单的配色达到了奇妙的效果。

3. 仿佛浅浅海底被阳光照射的红珊瑚，海洋表面的波浪起伏制造出光影流动的感觉。

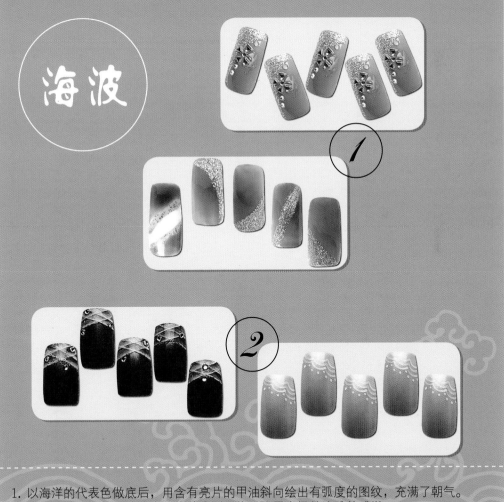

1. 以海洋的代表色做底后，用含有亮片的甲油斜向绘出有弧度的图纹，充满了朝气。

2. 在甲端用白色的甲油绘出波浪的小型图纹，流露出极其淡雅的感觉。

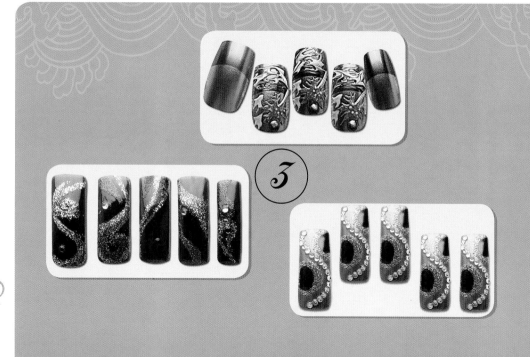

3. 基本上此款以 "S" 型在底油上绘出图纹，再点缀上莱茵石，整个感觉富于流动
和华丽。

海豚

1. 以上下两只海豚相对的方式勾勒图纹，依稀能看见中国的对称美在美甲中的体现。
2. 白色的底油适合清凉的夏天，再绘上几只跃出水面的小海豚，愉悦的心情仿佛也跳
出海面。

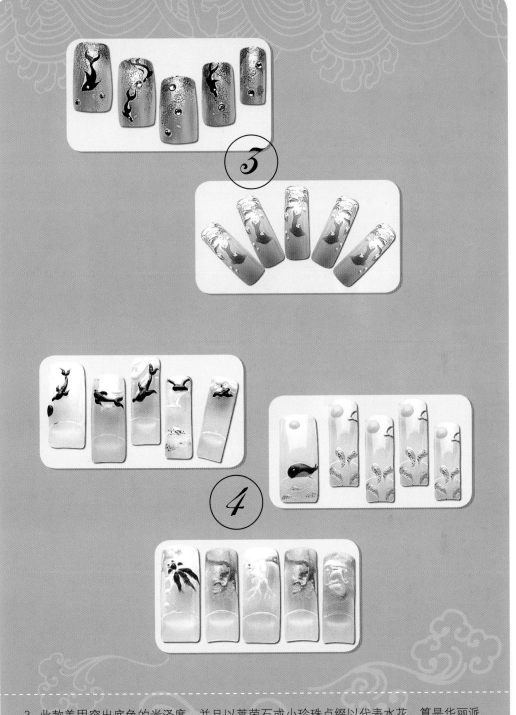

3. 此款美甲突出底色的光泽度，并且以莱茵石或小珍珠点缀以代表水花，算是华丽派
小海豚了。
4. 在透明甲片上以水晶粉雕出奇异的海底世界，让指甲流露出迷人的气息。

心 ♥ 七夕

七月七，牛郎织女鹊桥相会之日。七夕，又被称为中国的情人节，或许参照下面的美甲图案描绘，才能给我们更多的勇气吧，让我们跨越彼此之间的"银河"，到达对方的心里。

恋之协奏曲

1
2
3
4
5

1. 指甲涂底油后用中国红色的甲油涂抹双层待干。
2. 用漆白色甲油自甲端到甲根斜向涂抹双层待干。
3. 用彩绘笔蘸取漆白色甲油在中国红色沿对角线一侧均匀地勾勒出连接的半颗心图案。
4. 继续将勾勒出的半颗心图案填充满漆白色甲油，再用彩绘笔蘸取中国红色甲油，在漆白色沿对角线一侧均匀地勾勒出与另一侧完整的连接的半颗心图案并填充满。
5. 涂亮油保护。

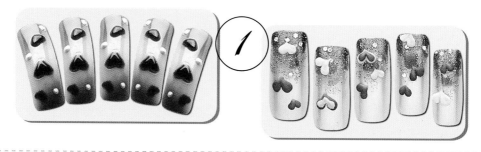

1. 立体的心型雕花给人水润的色泽感，色彩上以粉色为主让小女孩的心事一目了然。

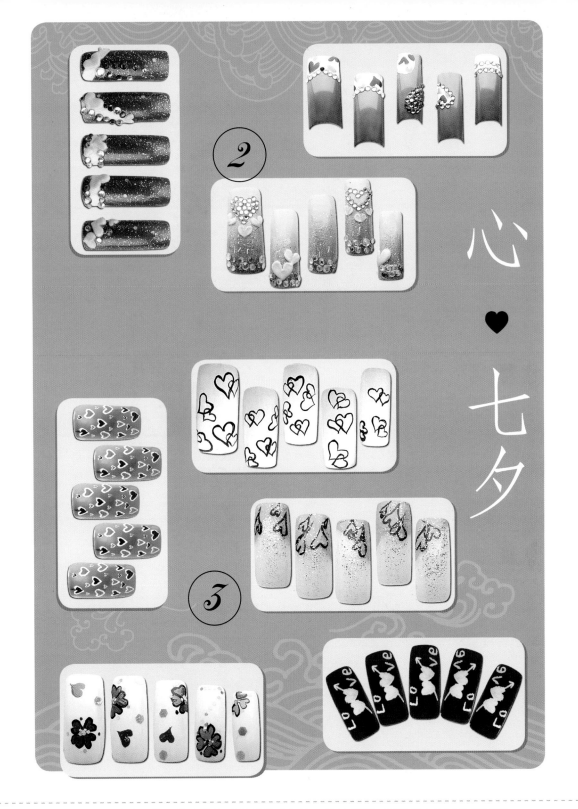

心 ♥ 七夕

2. 在大部分的法式指甲的交接处或甲根处贴上炫目的莱茵石，再选用个别甲片用莱茵石镶贴出别致的图纹，因为别致所以展示出主人小小的用心。

3. 比较自由的白描式手法将花朵和心直接绘在白色为底的甲片上，如果能够搭配一件纯白色的T恤，相信会带给主人活力十足的感觉。

心 ❤ 七夕

缤纷美甲——四季美甲1000例

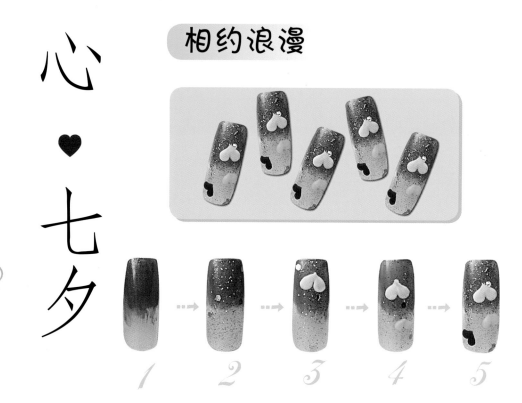

1. 指甲涂底油后用朱红色涂抹至指甲一半待干，注意涂抹出晕染效果。
2. 涂一层细亮片透明甲油。
3. 用白色水晶粉雕一颗心在朱红色部分。
4. 用黄色水晶粉雕一颗心在晕染部分。
5. 用红色水晶粉雕一颗心在透明部分，三颗心形成色彩对比，然后涂亮油保护。

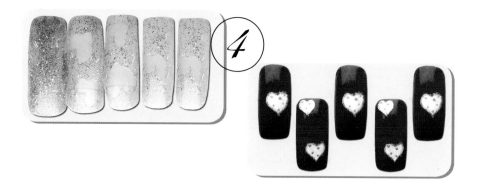

4. 在红色或者金色的底色上选择白色和透明的心形图案，达到别致的镂空感。

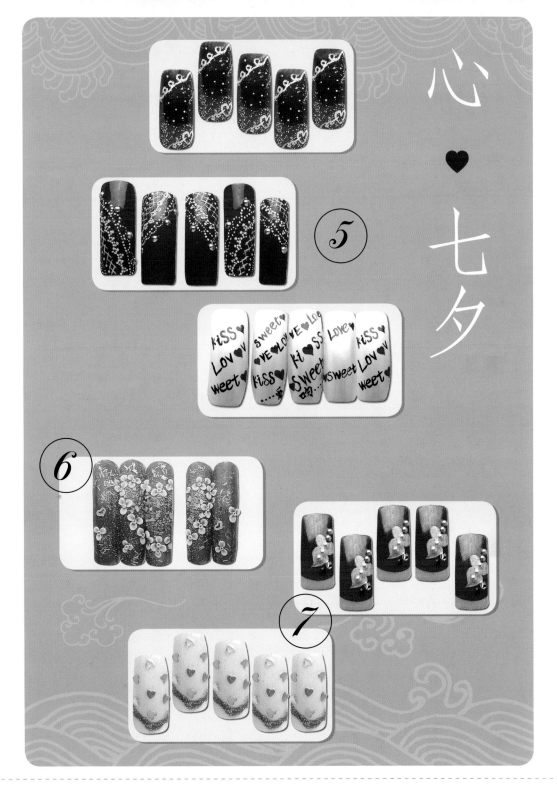

心 ♥ 七夕

5. 或许有时候在甲片上发挥一下你的波普精神也是不错的选择，在高光泽度的底色上随意写出你想表达的英文，时尚而又不俗。

6. 用淡黄色水晶粉一瓣瓣拼凑出立体的花卉，在五个甲片上组合出一颗大大的心，无论配什么样的服饰它都绝对是众所瞩目的焦点。

7. 在甲根处绘出一条对比色大的线条,将图纹安排在线条之上，韵律感十足。

动物

在水底畅游的鱼儿，在水面漂浮的天鹅，在草原奔跑的骏马，在林间跳跃的小鹿，在竹林嬉戏的熊猫，在天空飞翔的蜻蜓,再加上一只在屋顶睡觉的小猫，这个夏天最美的图画就交给它们来描绘了。

缤纷美甲——四季美甲1000例

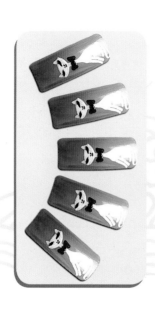

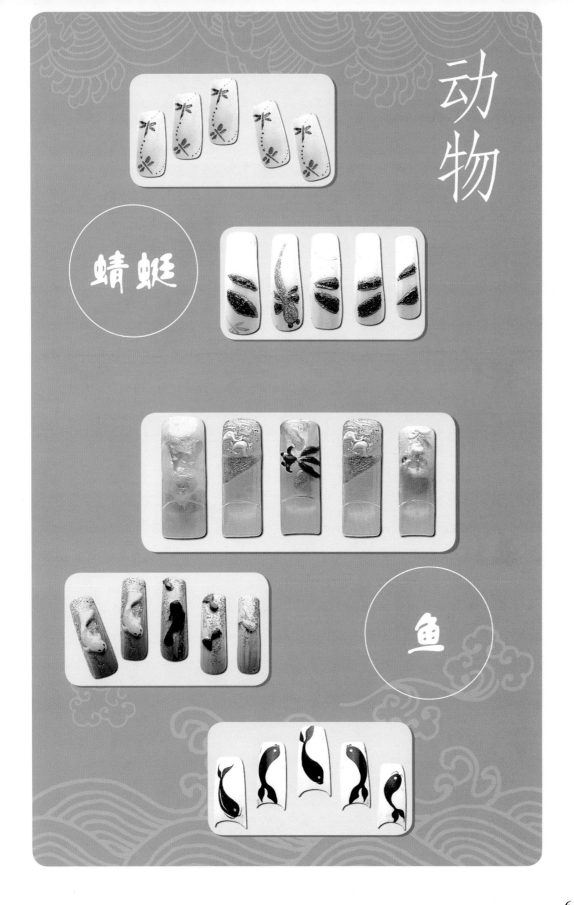

蜻蜓

鱼

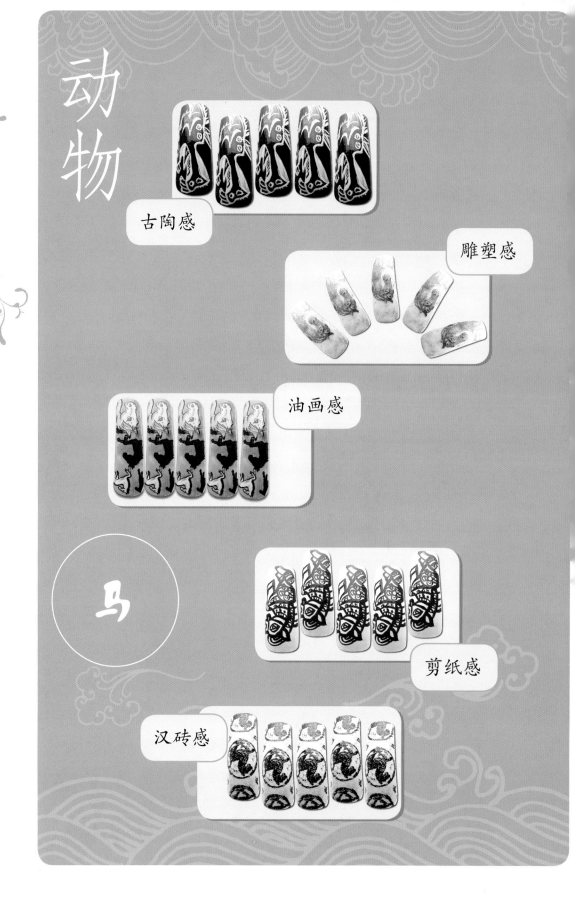

动物

古陶感

雕塑感

油画感

马

剪纸感

汉砖感

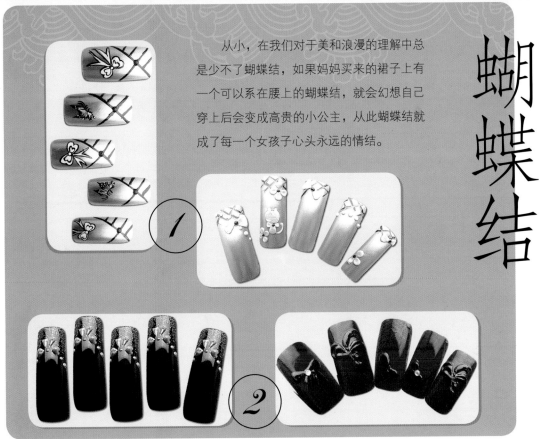

蝴蝶结

从小，在我们对于美和浪漫的理解中总是少不了蝴蝶结，如果妈妈买来的裙子上有一个可以系在腰上的蝴蝶结，就会幻想自己穿上后会变成高贵的小公主，从此蝴蝶结就成了每一个女孩子心头永远的情结。

1. 以蓝色做底色，在甲端处绘出网格状图纹，在甲面上勾勒出蝴蝶结和动物的图案，仿佛穿过篱笆飞进来的小蝴蝶，散发出盎然生机。
2. 大红色和黑色，黑色和金色都是表现端庄大气的色彩搭配，若是做成蝴蝶结图纹，就从大家闺秀身上透露出小小的少女情怀。
3. 透明甲片制作的法式指甲在甲端贴上莱茵石，选取其中一枚甲片用水晶粉雕出一个蝴蝶结，给人纯洁的印象。
4. 将亮片贴在蝴蝶结正中和桃粉色的底色，让人回忆起小时候汇演的时候佩戴在头上的蝴蝶结纱花，适合皮肤白皙的女孩。

天空

清晨的朝雾，午后的阳光，傍晚的彩霞，夜晚的星空——无论何时；拥挤的街道，嬉闹的海滩，空旷的原野，安静的天台——无论何处，只要我们仰头，那些纯净的、绚烂的、灰色的、闪烁的，让人平静的，喜悦的，压抑的、兴奋的天空永远都在那里，静静地看着我们。

云端彩虹

1. 指甲涂底油后用天蓝色的甲油涂抹双层待干。
2. 用彩绘笔蘸取粉红色、桃红色、紫色丙烯颜料在甲根部依次斜向绘出三道粗线条成为彩虹。
3. 再用彩绘笔蘸取明黄色、桃红色、天蓝色丙烯颜料从彩虹下方向上绘出三朵小花。
4. 分别给三朵小花点上花蕊。
5. 涂亮油保护。

舒畅蓝茵

天空

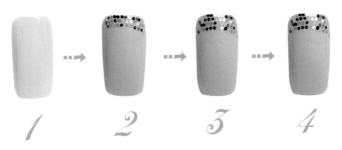

1 2 3 4

1. 指甲涂底油后用淡粉色的甲油涂抹双层待干。
2. 用镊子轻柔地将小亮片一片片用透明甲油粘到甲端。
3. 继续粘小亮片至合适宽度，创造出别样的法式指甲。
4. 并涂亮油保护。

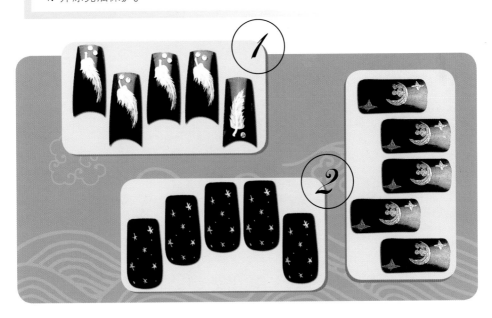

1. 静静地感受轻柔的羽毛从天空飘下的感觉，蓝白色的对比总是让人想
   起《阿甘正传》里面那个经典的场景。
2. 继续沿用蓝白色的经典对比色，表达出星空的静谧色彩。

水果篮子

香蕉、芒果、黄桃、草莓、西瓜、葡萄、哈密瓜……打开我的水果篮子，看到每一种水果都那么新鲜,便迫不及待地享受我的水果饕餮大餐，吃完后还不忘吮吸掉手指头的汁液，咂吧咂吧嘴，点点头，直至嘴角扬起满意的弧度。

俏皮西瓜甲

1. 指甲涂底油后用中国红色的甲油涂抹双层待干。
2. 用彩绘笔蘸取漆白色甲油在甲端勾勒一条弧线。
3. 用漆白色甲油将弧线至甲端的部分涂抹双层。
4. 用彩绘笔蘸取漆朱红色甲油在白色甲油部分点上数点并涂亮油保护。

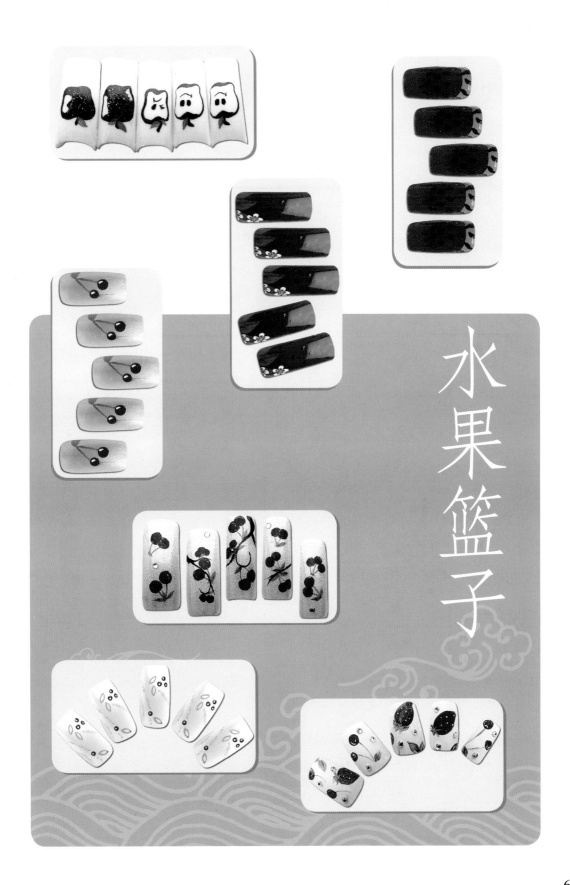

水果篮子

闪亮心情

我用手遮住太阳，指端仿佛有星星在闪耀，让我感觉自己像个小明星一样，呵呵，我的小水钻，我的小幸福。

闪亮心情

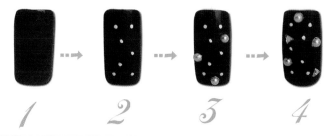

1. 指甲涂底油后用正红色甲油涂抹双层待干。
2. 用彩绘笔蘸取漆白色甲油在正红色指甲上点数点。
3. 用镊子将三颗白色小珍珠用透明甲油粘在指甲上。
4. 再用镊子将两颗三角形小水钻粘贴在白色小珍珠的空隙处，并涂亮油保护。

▲小贴士

即使是素色的指甲油也会因为有了水钻的修饰而提升档次哦！

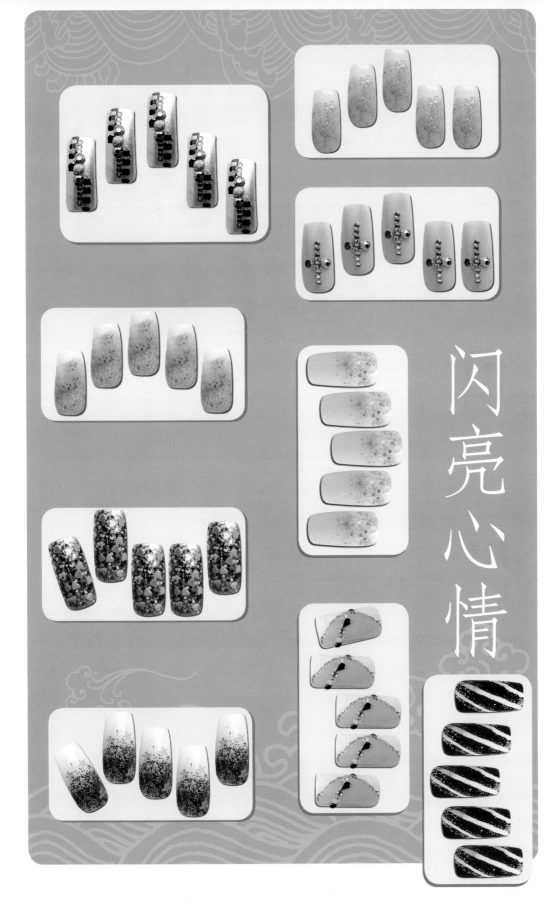

闪亮心情

闪亮心情

缤纷美甲 —— 四季美甲1000例

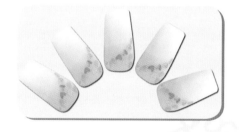

不是只有一个目的地给我们选择，而是我们都只愿意和朋友们一起去这里，年幼的时候去这里创造回忆，等到老了，我们再一起去这里把回忆带回家。这里，就是每年夏天我们都去的游乐场，无论什么时候去，门口的卡通人儿永远都在那里冲我们招手，离得越近，我们的童心越盛。

卡通

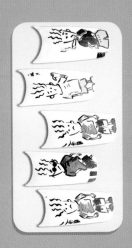

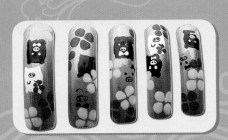

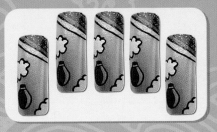

几何图案

强烈的色彩对比，没有规则的绘画规则，当你看到以下这些图案，你是否也想在自己的指甲上随意涂鸦了呢？

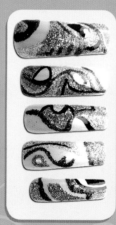

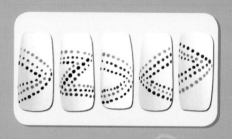

缤纷美甲——四季美甲1000例

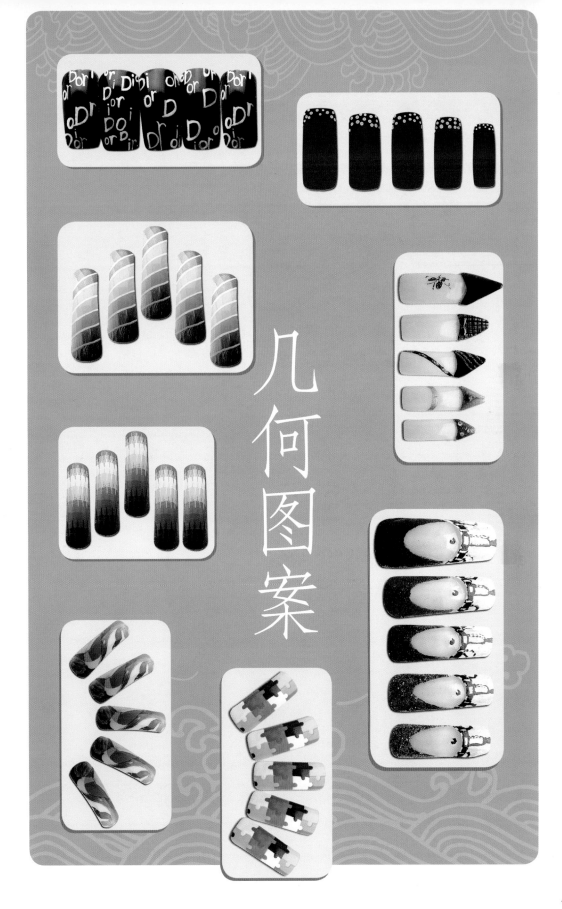

几何图案

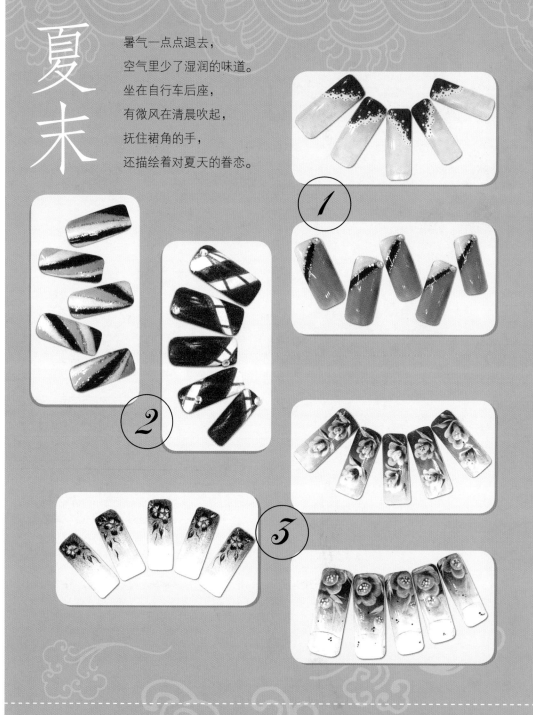

夏末

暑气一点点退去，
空气里少了湿润的味道。
坐在自行车后座，
有微风在清晨吹起，
抚住裙角的手，
还描绘着对夏天的眷恋。

缤纷美甲
——四季美甲1000例

1. 白色和粉色搭配是小女生的最爱，可是怎么做才能让同样的色彩搭配比别人更出众
   呢？试试在色彩交界处做些小装饰，莱茵石显得华丽，蕾丝图纹则显得优雅。
2. 桃粉色用斜纹来进行分隔，复古中显出女孩的小倔犟。
3. 选择透明甲片的一端绘出花卉，就像这个夏天在它的尾巴上依然绚烂地绽放着花儿。

秋之美甲

秋的雅致 Autumn Nail

花之淡雅季::中秋，白露，赏月品茗，立秋之际，

已是菊花怒放，鸿雁南飞，总有那么一朵花，清清淡

淡，自指端优雅绽放，散发沁脾香气。

秋之花

缤纷美甲

——四季美甲1000例

夏日繁华散去，秋叶行将

飘落，可是有花不甘寂寞，仍

屹立枝头，散发华彩。

花语诗韵

1   *2*   *3*

1. 指甲涂底油后用深红色的甲油涂抹双层待干。
2. 用彩绘笔蘸取白色丙烯颜料在甲片上绘出三朵小花。
3. 用彩绘笔蘸取白色丙烯颜料在花朵上方勾出两条白色线
   条并涂亮油保护。

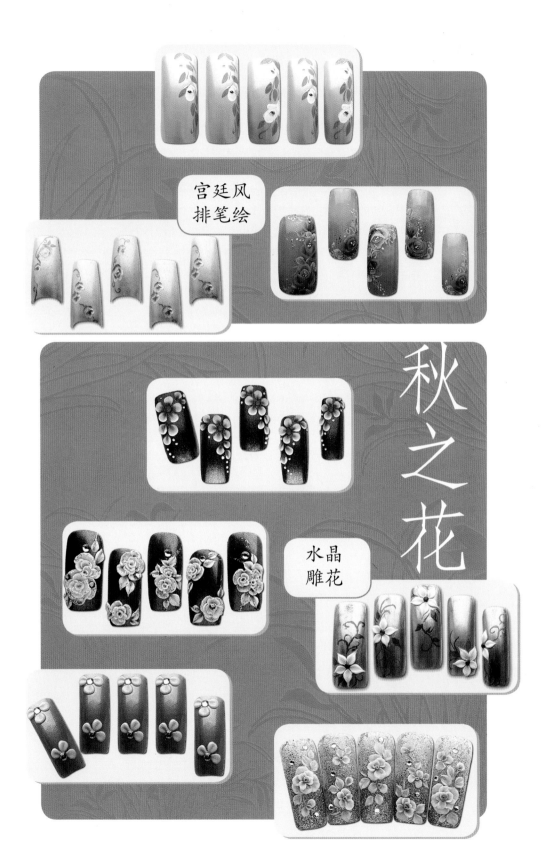

宫廷风
排笔绘

秋之花

水晶
雕花

秋之花

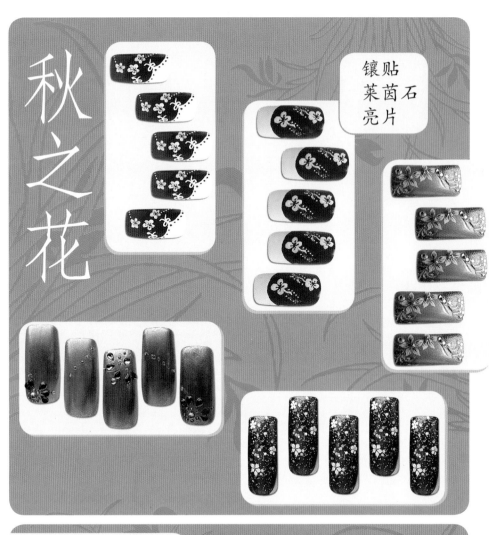

镶贴
菜茵石
亮片

斜向
线条

缤纷美甲——四季美甲1000例

兰草向晚

秋之花

1. 指甲涂底油后用肉粉色的甲油涂抹双层待干。
2. 用小排笔下端蘸取紫色丙烯颜料,上端蘸取白色丙烯颜料以竖着的方式绘画出一朵兰花,用彩绘笔笔尖蘸取白色丙烯颜料点出花蕊。
3. 如上用同样的方法在绘好的兰花下绘出两朵花苞。
4. 用彩绘笔蘸取墨绿色丙烯颜料纵向绘出兰草叶。
5. 用彩绘笔笔尖蘸取白色丙烯颜料点出花蕊及闪光小星星。
6. 涂亮油保护。

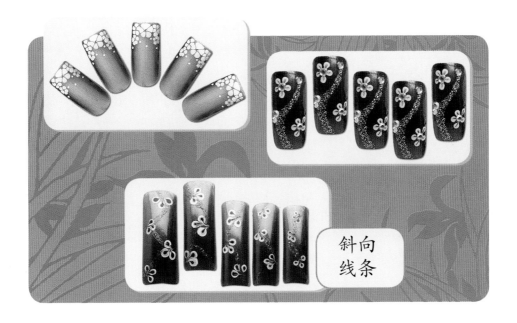

斜向
线条

两生花

1. 指甲涂底油后用漆白色的甲油涂抹双层待干。
2. 用彩绘笔蘸取紫色丙烯颜料在甲根处绘出一朵小花。
3. 用彩绘笔蘸取红色丙烯颜料在对角处绘出另一朵小花并做颜色填充。
4. 用彩绘笔蘸取红色和黄色丙烯颜料为紫色花点上花蕊，再蘸取紫色和白色为红色花点上花蕊。
5. 用彩绘笔蘸取紫色丙烯颜料点出"S"形状，再蘸取红色丙烯颜料绘出网格。
6. 涂亮油保护。

斜向线条

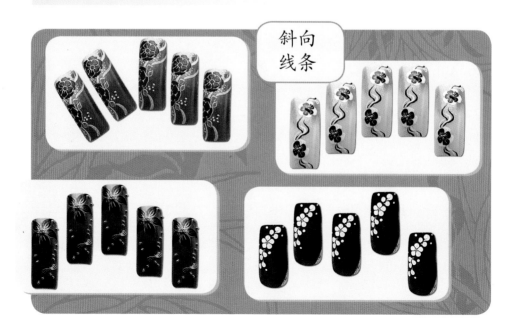

秋之花

缤纷美甲——四季美甲1000例

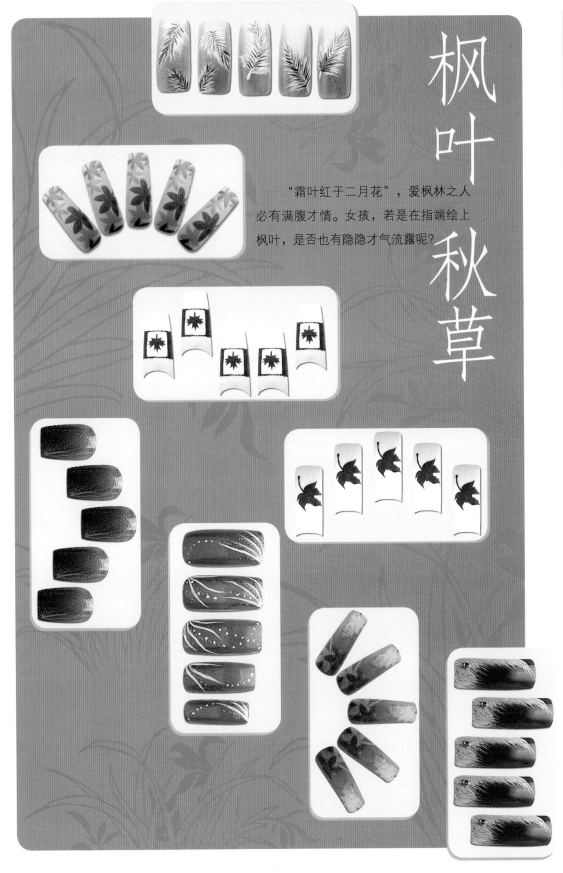

枫叶秋草

"霜叶红于二月花"，爱枫林之人
必有满腹才情。女孩，若是在指端绘上
枫叶，是否也有隐隐才气流露呢？

菊

采菊东篱下，悠然见南山。

——幽淡清雅，菊之于人。

夜微凉时，当水注入透明玻璃杯中，思绪随菊花翻跃，静坐窗前，以手捧杯，指上菊花与杯中菊花相映成趣，举目远眺，看万家灯火，菊的香还在唇齿间摇曳，手心的温度早已直达心底。

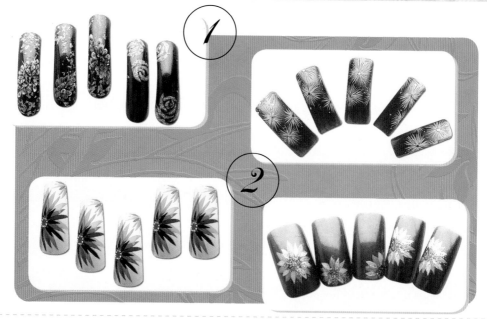

1. 具有高光泽度的深蓝色底色上用金色绘出繁盛的菊花，富贵的感觉扑面而来。
2. 本款以放射状的菊花花瓣通过色彩的夸张演绎，让原本清淡的菊花也充满了浓郁的时尚气息。

3. 小小的菊花连接在一起，以蔓延的姿态开在甲面上，细微的变化就可以成就不同的甜蜜。

4. 立体雕花的设计让菊花绽放开来，镶贴在花蕊的水钻仿佛雾气散去后留下的露珠，熠熠生辉。

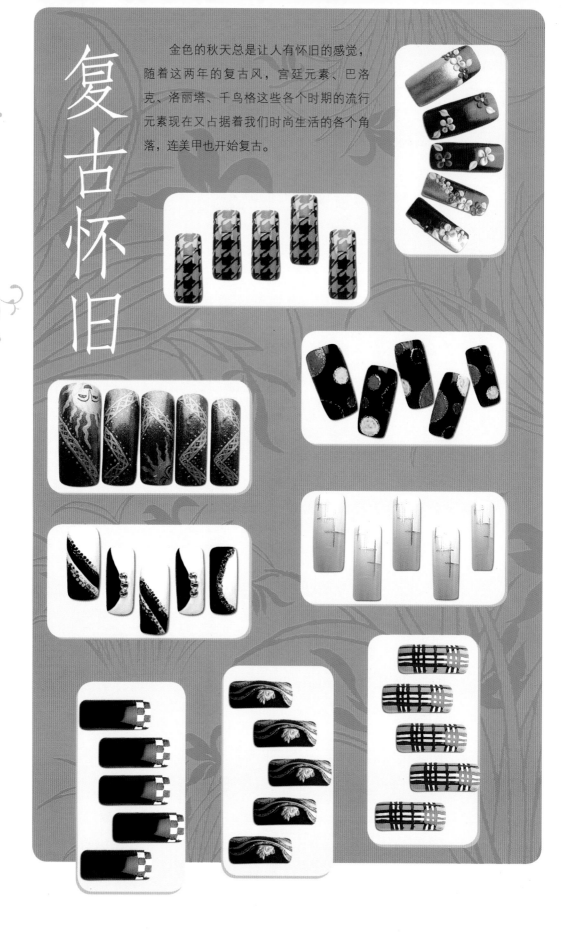

复古怀旧

金色的秋天总是让人有怀旧的感觉，随着这两年的复古风，宫廷元素、巴洛克、洛丽塔、千鸟格这些各个时期的流行元素现在又占据着我们时尚生活的各个角落，连美甲也开始复古。

精致雅格

复古怀旧

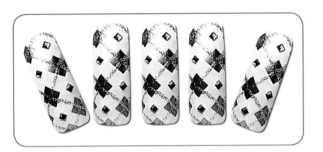

1 2 3 4 5

1. 指甲涂底油后用金色的甲油涂抹双层待干。
2. 用漆白色甲油绘出斜向间隔一致的平行线。
3. 如上用同样的方法反方向绘出间隔一致的平行线，使露出的金色部分成正方形。
4. 用彩绘笔蘸取银色亮粉甲油，以金色小方格为中心点斜向绘出交叉的线条。
5. 在白色甲油交汇处贴上颜色一致的金色方形小水钻，然后涂亮油保护。

浓彩

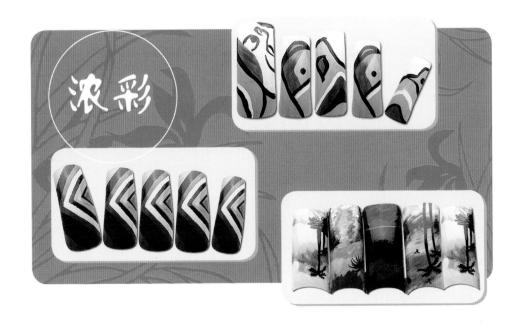

方方正正的线条或许会给人中规中矩的感觉，偶尔出格一下，用斜纹表达自己的灵动与不羁也是不错的选择哦。

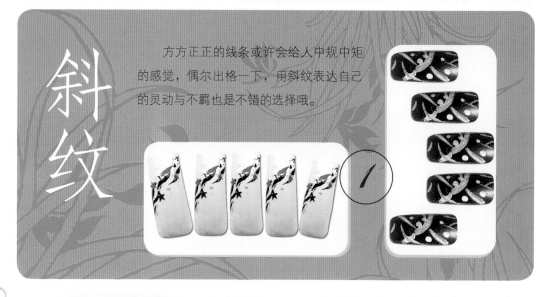

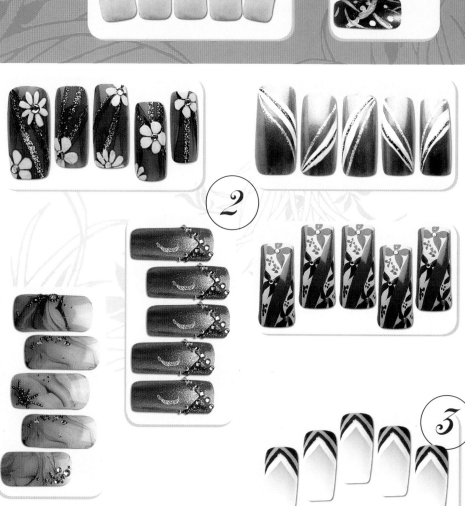

1. 以变化的细节组合出斜纹，在此基础上再增加一些亮片的点缀会更招人喜爱。
2. 从甲根一直到甲端的大斜纹是适合所有甲型的绘纹方式，要梦幻一样的大理石花纹还是素色条纹都可根据当天的服饰色彩来进行选择。
3. 选择局部勾勒斜纹是让指甲看起来更修长的秘诀，再加入一些色彩的变化就更完美了。

秋天的法式指甲在配色上多以暖色调为主，因此奢华感更为突出。

金秋法式

1. 此款美甲以光泽度高的金属色做底色，在两种颜色的交接处以水钻和小亮珠贴出另外一条交接线，简单而又富于变化。
2. 此款美甲将装饰用的莱茵石和雕花装点在了甲面一侧，这样在视觉上有增大甲面的效果，适合小指甲的女性。

豹纹

俏皮中透露性感的豹纹是渴望成熟的小女生的首选哦。

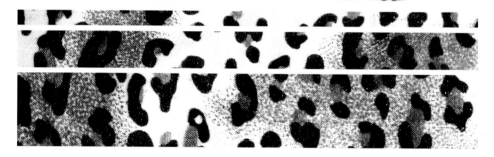

全面积

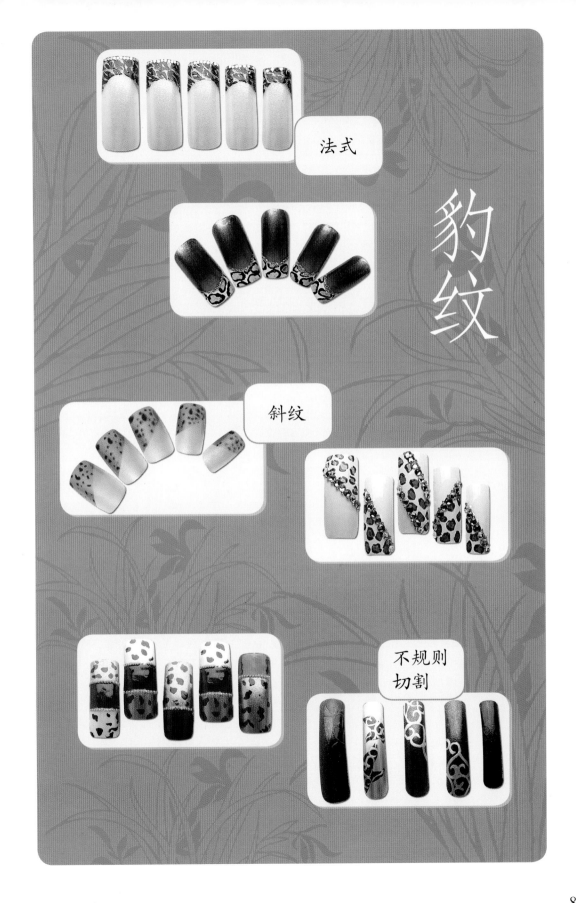

法式

豹纹

斜纹

不规则
切割

冬之美甲

冬的纯净Winter Nail

花之圣洁季：小雪，大雪，踏雪寻梅，冬夜之际，总有那么一朵花，安安静静，自指端默默绽放，散发幽幽香气。

院角腊梅覆雪，空气清透，总有那么一朵花，安安静

冬之花

冬季是举行室内聚会的最好季节，三五个好友围坐在暖炉边，一壶红茶散发出浓浓香气，一本好书带来的互动话题让每个人欢呼雀跃，偶尔配合自己的讨论做出的手势，让人留意到指端的小花，哦，这是个懂得欣赏自己的女子。

花开富贵

1. 指甲涂底油后用透明甲油涂抹，在透明甲油未干前，迅速在甲端铺撒黑色小亮片；若嫌不够厚重，可在第一层变干后再涂一次透明甲油再铺撒一次。
2. 以同样的方法铺撒上颜色渐变的红色和桃红色小亮片。
3. 在甲根铺撒金色小亮片，注意颜色的过渡要自然。
4. 用白色水晶粉在指甲中部雕出白色立体小花。
5. 用白色水晶粉雕出叶子和藤蔓，涂亮油保护。
6. 制作其他甲片时，也可沿雕花用透明甲油粘贴数颗小水钻。

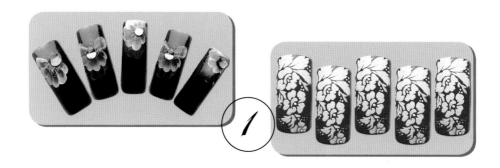

1. 以繁复大朵的花朵图案让自己成为冬日派对上绝对的女主角。

金紫奇缘

1. 指甲涂底油后用金色的甲油涂抹双层待干。
2. 用小排笔笔端一半蘸取紫色丙烯颜料在甲端绘出花瓣。
3. 如上用同样的方法在绘好的花朵上依次绘出白色、黄色、橘色、红色的花瓣，用彩绘笔笔尖蘸取白色、红色和绿色丙烯颜料点出花蕊。
4. 用彩绘笔蘸取白色丙烯颜料纵向绘出叶片并用绿色丙烯颜料填充叶片顶端部分。
5. 涂亮油保护。

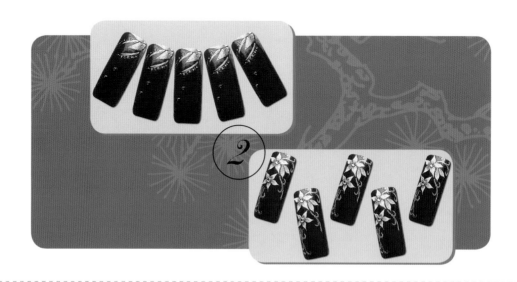

2. 与1相反的是，偶尔突出花朵的局部也可以让自己显得更加精致。

冬之花

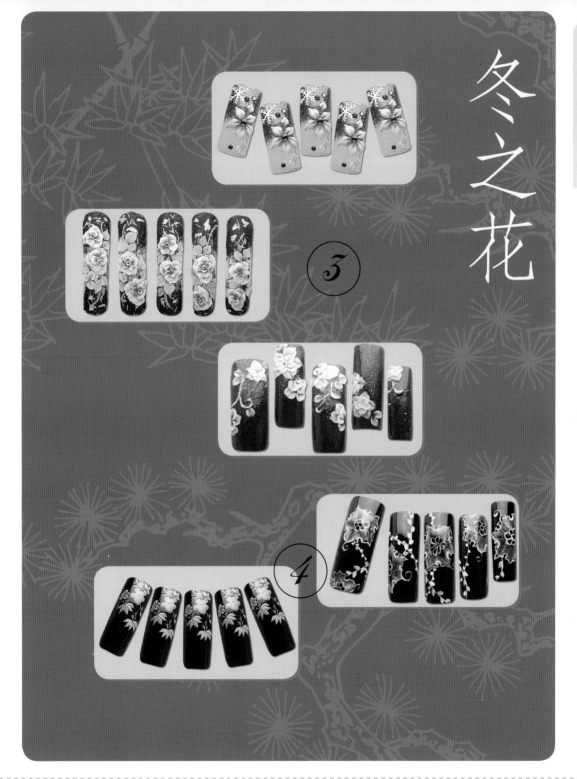

3. 当雪花与花朵相遇，分不清是梦幻还是现实，变幻的底色更带来梦境一样的效果。
4. 以日式色彩为主，如果再搭配干净的面容，真是别具一格的亚洲风情。

梅花

诗客清晨冲雨入，梅花一夜为君开。

——《送简寿玉主簿之官临桂》

(宋)杨万里

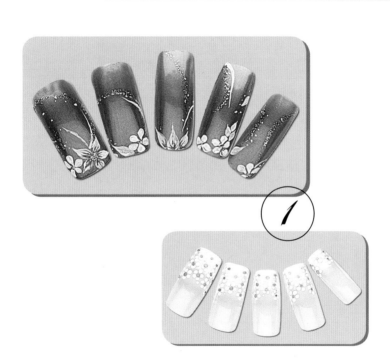

1. 如同第一次的相遇，纤尘未染的心倏忽间洋洋洒洒开满花朵。

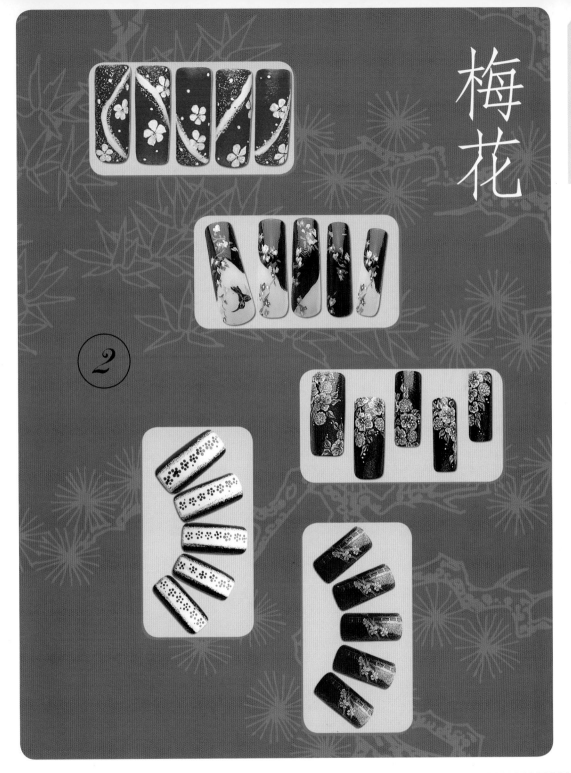

梅花

②

2. 此款以细致的描绘将朵朵梅花串联起来，仿佛一夜飘雪，花儿盛放，让你成为冰雪
　世界中的气质女王。

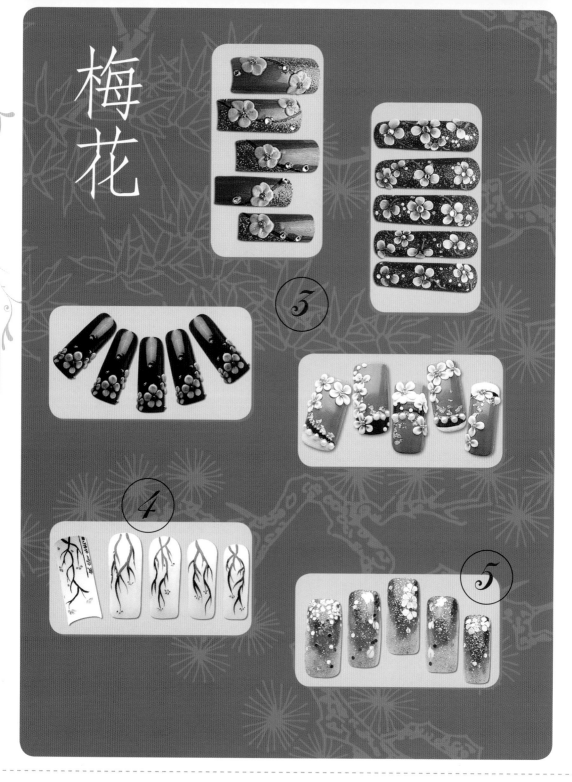

3. 想真实还原梅花傲然挺立枝头的姿态，雕花是最好的表现手法，适当的水钻装饰起到画龙点睛的作用。

4. 中国传统绘画的表现手法，细细的枝干上有点点红梅，清秀不张扬。

5. 渐变的底色就好像日光和雪地的交界，白梅和腊梅簇拥在一起，偶尔有风吹过，花瓣簌簌落到雪地，在阳光照射下竟无比剔透。

黑白写意

黑与白，动与静，尘世分为两界，此时，你的思绪飘到哪里了呢？

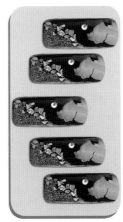

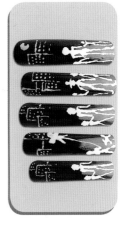

雪花

风雪日记

我推开房门，看到一个雪娃娃。娃娃微微侧着头，黑黑的大眼睛，红红的长鼻子，咧着笑的嘴唇让它看起来很俏皮。它抱着一束玫瑰站在那里，此时，雪花从天空飘落，还未落地，便已化成了蜜糖落进了我的心里。

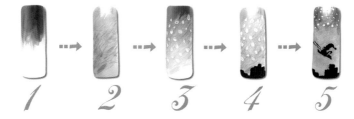

1. 指甲涂底油后用漆白色的甲油涂抹双层待干，用银色甲油用渐变方式涂抹指甲一半。
2. 用彩绘笔蘸取蓝色丙烯颜料斜向涂抹，上下各留出少许位置。
3. 用彩绘笔蘸取漆白色丙烯颜料在蓝色部分点数点。
4. 用彩绘笔蘸取黑色丙烯绘出房屋。
5. 用彩绘笔蘸取黑色丙烯绘出雪橇并涂亮油保护。

缤纷美甲——四季美甲1000例

雪花

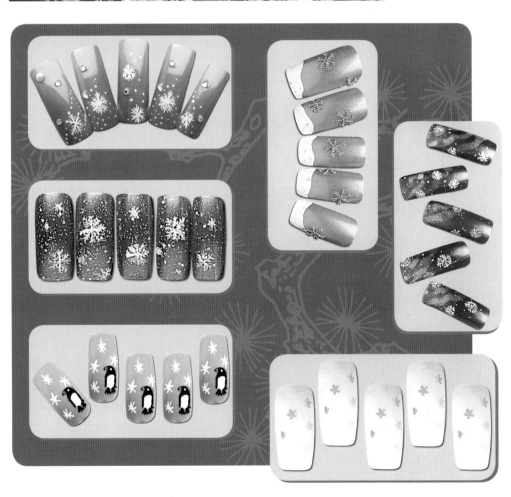

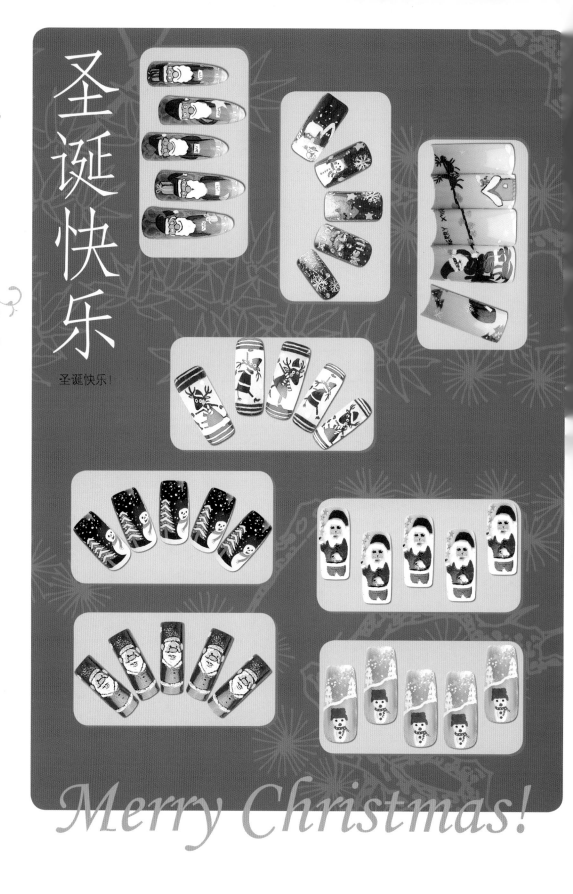

圣诞快乐

圣诞快乐！

缤纷美甲

——四季美甲1000例

Merry Christmas!

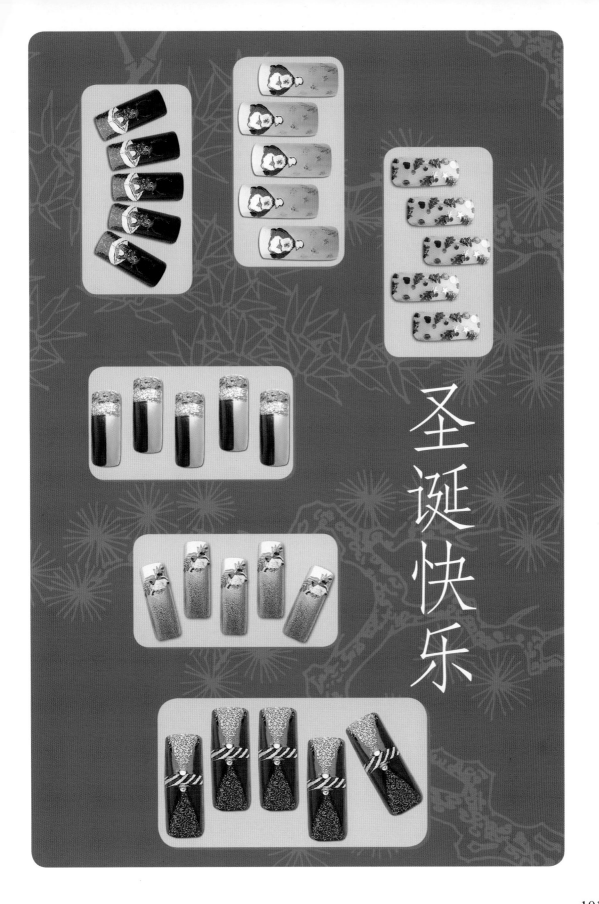

圣诞快乐

温暖的承诺

有时候，一个承诺可以温暖我们一冬。

1. 黑色底比较容易和冬天的深色外套搭配，再描绘一些小图纹就不会显得那么沉闷了。

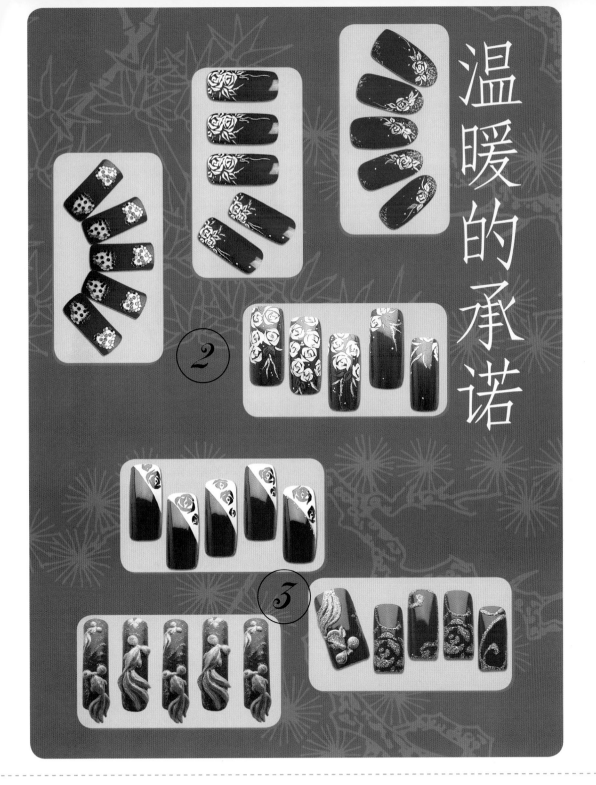

温暖的承诺

②

③

2. 红色底，白色花，亮眼夺目却不张扬，适合同好友外出购物时绘制。
3. 花开富贵，金鱼带财，想让自己转运或许尝试这种看起来有点奢华的美甲是不错的
选择哦。

律动

自由自在就是我的主旋律，甲端的线条像一首午后的Bosa Nova，让人愉悦并为之放松。

蔓延心曲

1   2   3   4   5

1. 指甲涂底油后用黑色甲油涂抹双层待干。
2. 用彩绘笔蘸取金色丙烯颜料自甲根往上勾勒出一个藤蔓。
3. 继续从甲端绘出藤蔓。
4. 用彩绘笔蘸取金色丙烯颜料顺藤蔓蔓延的方向点上数点。
5. 抹亮油保护。

奢华感

律动

奢华感

中国式
祥云

流水感

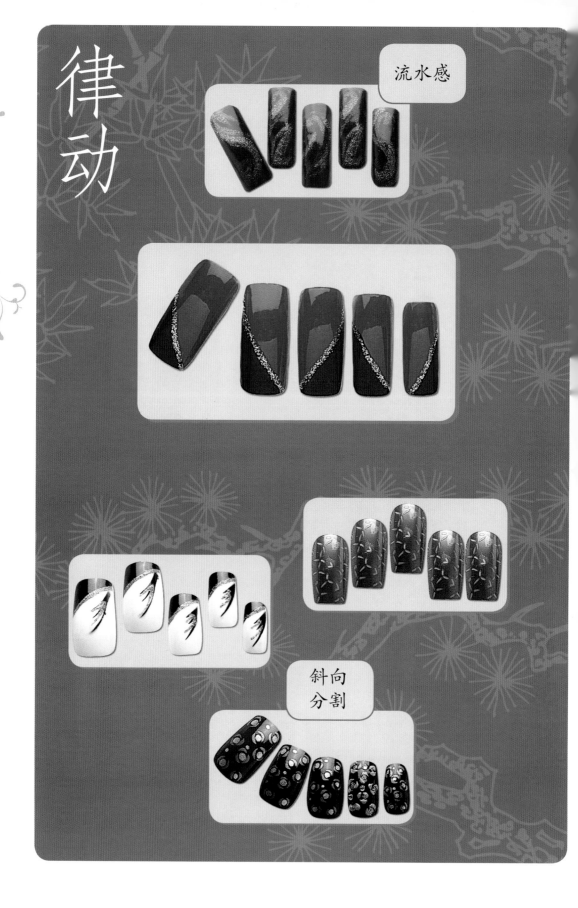

律动

流水感

斜向
分割

缤纷美甲——四季美甲1000例

冬天拥有这样毛
茸茸的甲片，真是太可
爱了！

茸毛甲片

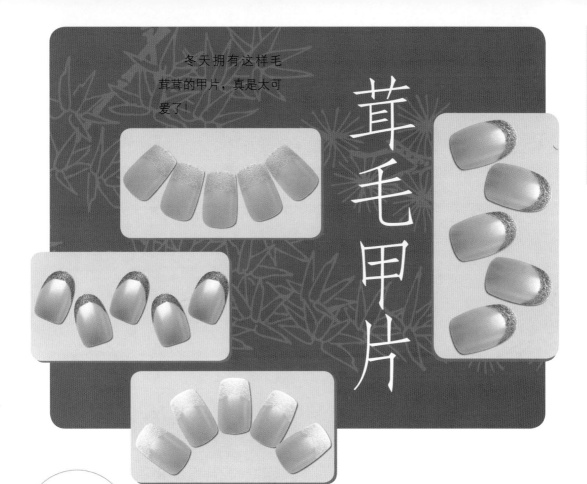

欣赏

别致

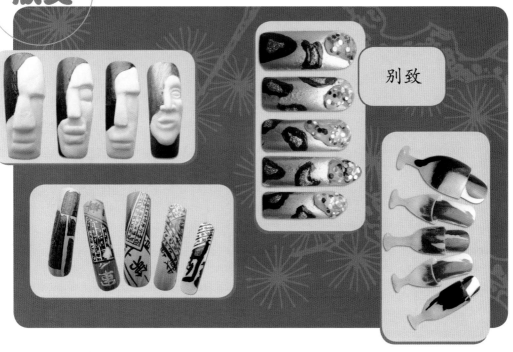

提升 12星座

恋爱运的 人气美甲

白羊座 最受到春日青睐的白羊座女生浑身上下都充满了活力，在男朋友面前总是不自觉地流露出孩子气，这几款美甲因活泼的图案而成了白羊座女生的心头至爱。

金牛座 五月正是春花盛开的美丽季节，凡出生在此时的金牛座人，都具有美与调和的精神，而且喜欢大自然，因此有花朵图纹的美甲总能让金牛座女生看起来温顺可亲。

双子座 双子座女生的长相充满智慧而令人觉得生动有活力，善变的双重性格却因为多才多艺而生气蓬勃，这几款有斜向图纹的美甲一定让你深受异性垂青。

巨蟹座 巨蟹座女生具有丰富的生活力，特别重视家庭，她们非常念旧，喜欢回忆，因此有细致图纹的美甲适合拥有坚贞与毅力的你，有时候坚持会给你的爱情带来转机和好运。

狮子座 狮子座女生坚韧不拔的精神常常被身边的朋友们叹服，天生庄重而高贵的态度让狮子座女生有时候看起来很骄傲，因此图纹繁复的美甲更契合你的气质，也让更多的异性欣赏你。

处女座 看起来干干净净、伶俐过人的处女座女生拥有一双眼神柔和且观察入微的眼睛，因此颜色和款式简单的美甲可以让你看起来更空灵，干净的女生自然有人疼。

天秤座 守护星是金星的天秤座女生传承了金星女神维纳斯爱与美的特点，因此图纹是否显得优雅高贵是你判断美甲的标准，相信这几款美甲一定让你在举手投足间成功地吸引到他的目光。

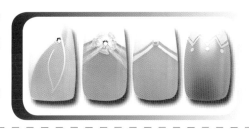

天蝎座 天蝎座女生因为长了一双锐利的眼睛常常给人精力旺盛、果决、热情的印象，其实她们谨慎保守，这几款美甲的别致的图纹可以让你看起来独树一帜，也让他的目光穿过人群落向你。

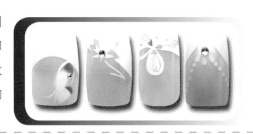

射手座 射手座女生的眼睛灵活生动而有神，她们追求知识、喜爱挑战、热爱探险旅游，因此有弧形图纹的美甲让你看起来不拘一格，很轻易就受到他的青睐。

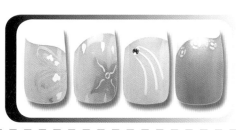

摩羯座 摩羯座女生善于自律，像山羊一样稳健踏实，是出了名的乖乖女，只是偶尔看起来过于严肃而略显阴沉，因此选择有简单可爱图纹的美甲会让你具有更多亲和力，慢慢地连他也会被你吸引哦！

水瓶座 水瓶座女生的感觉十分敏锐，喜欢追求新奇的事物，因此在遇到心中的他时，也会选择常人不会使用的图纹来表达自己不一样的心情，这几款美甲就很特别哦。

双鱼座 双鱼座女生大都富有想像力，被誉为心思最难被猜测的星座。不过你如同春光一样十分纯真，因此那些稀奇古怪的想法有时侯从你指端也能看出一二，相信有蔓延感觉的图纹会让你感觉自己像是在水草之间游弋的鱼儿，这么快乐的你怎么能不吸引他的注意力。

定价：36.00元

定价：25.80元

定价：25.80元

定价：38.00元

定价：32.00元

定价：28.00元

定价：28.00元

定价：32.80元

定价：29.80元

邮购须知

一、邮局汇款：
收款人地址：北京市东长安街6号　中国轻工业出版社
收款人：读者服务部
邮编：100740
二、银行汇款：
开户行：工商行北京东长安街支行
户　名：轻工业出版社发行部
账　号：0200 0534 1901 4414 793
特别声明：请在汇款后将汇款凭证、收件人姓名、地
址、邮编、电话、所购图书一并传真至010-85111730

备注：
1. 附加邮挂费：100元以下10元，100元以上收书款的10%
2. 请在汇款单附言栏内写清您所购图书的书名、册数（如需
发票请注明抬头）
3. 请务必用正楷、准确填写汇款人详细地址、姓名、邮编和
联系电话，确保您能及时收到图书
4. 详情请致电：010-65241695　85111729
传真：010-85111730

图书在版编目(CIP)数据

缤纷美甲：四季美甲1000例/华文图景编. —北京：中国轻工业出版社，2008.1

ISBN 978-7-5019-6261-7

Ⅰ.缤··· Ⅱ.华··· Ⅲ.指（趾）甲–美容 Ⅳ.TS974.1

中国版本图书馆CIP数据核字（2007）第193033号

责任编辑：陈　静　　责任终审：劳国强
责任校对：郎静瀛　　责任监印：胡　兵

出版发行：中国轻工业出版社（北京东长安街6号，邮编：100740）
印　　刷：北京画中画印刷有限公司
经　　销：各地新华书店
版　　次：2008年1月第1版第1次印刷
开　　本：787×1092　　1/16　　印张：7.5
字　　数：110千字
书　　号：ISBN 978-7-5019-6261-7/TS·3644　　　定价：36.00元
读者服务部邮购热线电话：010-65241695 85111729
　　　　　　　　　传真：010-85111730
发行电话：010-85119845　　65128898　　传真：010-85113293
网　　址：http://www.chlip.com.cn
Email：club@chlip.com.cn
如发现图书残缺请直接与我社读者服务部联系调换
60949S3X101ZBW